Sonya
ソーニャ文庫

黒紳士の誘惑

山田椿

JN167957

イースト・プレス

contents

プロローグ

馬の嘶《いなな》きがかすかに届いたとき、少年は自分の耳を疑った。

彼が暮らす屋敷には、滅多《めった》に訪れる人がいないからだ。

「お父様が帰ってきたのかな？」

少年は遊び場にもなっている書斎の椅子に読みかけの本を置くと、期待に胸をふくらませながら窓辺へと近づいた。

けれど、幼い体では窓から顔を出すのが精いっぱいで、とても屋敷沿いの通りまでは見渡すことができない。

低い視界に映るのはプラタナスの樹から伸びた枝葉と、煤煙《ばいえん》で濁った鈍色《にびいろ》の空だけだ。

そこで仕方なく耳を澄ませてみたが、今度はなにも聞こえない。

「気のせいか……」

落胆《らくたん》しながら仰いだ空は、西から陰鬱《いんうつ》な雨雲が広がり始めていた。

ただでさえくすんだ空を眺めていると、不安な気持ちが漠然と込み上げてくる。

少年は窓辺から離れると、暖かい暖炉の前に戻り、置いたままにしてあった青地に金の縁取りがあるカップを手にした。

それは一時間ほど前にメイドが運んできたミルクだが、時間が経ったせいで中身はすっかり冷め切って薄い膜《まく》まで浮かんでいた。

少年が指で膜を取り除こうとしていると、突然、ひとりの女がノックもなしにドアを開けて入ってきた。

暗褐色の髪と瞳はこの国ではめずらしい。

少年は顔立ちこそ父親似だが、髪と目はこの女の色を継いでいた。

「お母様！」

少年が笑顔で駆け寄ると、女は涙をこらえた表情でじっと見下ろす。

普段は聡明で明るい女の面差しが、いまは怯えたように青ざめている。

「急いで外套《がいとう》と手袋をつけなさい」

そう告げた女はすでに外出着に着替え、小ぶりのボストンバッグまで抱えている。

少年はただならぬ様子に不安を覚え、小さな指ですがるように女の細い指先を摑んだ。

その氷のような冷たさに、少年は自分の熱を分け与えるように両手で包み込む。

「どうしたの、お母様？　具合でも悪いの？」

気づかうような問いかけに、女は痛みに耐えるようにして弱々しく答えた。

「エドワードが……お父様が捕まってしまったの。少し前に手紙が届いて、私たちに急いで逃げるよう伝えてきたの」

「逃げるってどこに？　お父様にはもう会えないの？」

女はボストンバッグを床に置くと、持ってきた外套を小さな肩にかけた。

「わからないわ。とにかく追っ手がくる前に屋敷から出ないと」

「じゃあ、僕、みんなや乳母《ナニー》にさよならしてくる」

外套の袖《そで》に手を通しながら言うと、女は小さく首を振る。

「いいえ、駄目よ。そんな時間も残されていないの。それよりお父様の指輪を持ってきてちょうだい」

「指輪？」

戸惑ったように少年が聞き返す。彼には心当たりがないからだ。

「まさか、指輪のある場所を知らないの？」

「うん」

「……っ」

女は絶句して、夫から届いた手紙の一文をそらんじる。

「――永遠の愛の光が、我が子を正しく導くだろう」

「まるで暗号みたい」

「ええ、そうね。きっとほかの人が読んでもわからないようにしたんだわ」

「でも、僕もわからない」

「そんな……あれがないとあなたは……」

そのとき——。

ドン、ドンッ！

開け放したままのドアの隙間から階下の騒ぎが聞こえてきた。

誰かが激しく玄関を叩き、応対に出た使用人たちと小競《こぜ》り合いになっているらしい。

エントランスから誰とも知れない男たちの怒号が響いてくる。

「追っ手が来たんだわ！」

「でも、指輪は？」

女は一瞬だけ迷いを見せたが、すぐに少年の手を取ると、床のボストンバッグを摑み上げた。

「いまは逃げるのが先よ。指輪なら、またあとで取りにきましょう」

そう言って部屋を出ると、ふたりは使用人たちが使う裏口を目指した。

数分後。男たちが押しかけた頃には、書斎はもぬけの殻《から》になっていた。

狼狽《うろた》える彼らを嘲笑《あざわら》うかのように大粒の雨が窓を叩き、地面を白く煙らせて、すべての痕跡《こんせき》を消し去ろうとする。

そのまま母子の消息はぷつりと途絶え、二度と屋敷に姿を現すことはなかった。
それから十年の歳月が流れた――。

1章　窮地

ラッセル伯爵の別邸はローウッド郊外にあった。

貴族が所有する屋敷にしては少々こぢんまりとした造《つく》りだが、よく見ると細部にまで意《い》匠《しょう》を凝《こ》らした佳麗《かれい》な邸宅であることがわかる。

手入れの行き届いた庭園には様々な種類の薔薇《ばら》が咲き誇り、邸内にも薔薇をモチーフにした装飾が施されていた。

その佇《たたず》まいからローズハウスとも呼ばれる屋敷の前に、一台の箱馬車が横付けされる。

ラッセル伯爵の一人娘リリィローズは、ドレスの裾を持ち上げると浮かない顔のまま馬車へと乗り込んだ。

「ねえ、レイナルド。やっぱり行かなきゃだめかしら?」

馬車の窓越しに声をかけると、執事のレイナルドが一歩近づく。

夕暮れ時で影の濃淡が濃くなっているせいか、まだ二十代前半の執事の顔がいまは三十代にも見えてしまう。

おそらく彼の一貫した鉄面皮《てつめんぴ》と、切れ長の瞳にかかる銀縁《ぎんぶち》眼鏡が影響しているのだ。

彼の家は代々ラッセル家の執事を務めていて、五年前に先代執事が腰痛の悪化を理由に早々と引退を決めると、その息子であるレイナルドが執事職を引き継いだ。

若いが有能な執事はきっちり整えられたオールバック同様に、リリィローズを隙のない声でたしなめた。

「お嬢様は昨年、社交界デビューをされたばかりです。たまには舞踏会に顔を出されて、皆様方の心証を少しでも良くしておきませんと」

今宵《こよい》はローウッド市内でウェスト伯爵夫人が主催する舞踏会が開かれる予定だ。

つまり将来の婿探しに備えて、いまから顔を売ってくるようにということなのだろう。

毎年十二月から八月の社交シーズンになると、いつもは領地で暮らす貴族たちがいっせいに国王の宮殿があるローウッドへ移り住む。

この間、紳士たちは宮殿で行われる議会や儀式に出席して、そのご夫人方は夜ごと別邸で舞踏会や晩餐《ばんさん》会を催すことになる。そこには十六歳を迎えた貴族の令嬢たちが集い、社交界デビューを飾ることになるのだ。

それから令嬢たちは親が決めた貴族の子弟と婚約を交わし、やがて結婚式を挙げることになるのだが、リリィローズの場合は少々事情が異なっていた。

父のラッセル伯爵は今期の議会を欠席しているし、母はまだリリィローズが幼い頃に他界している。

婚約者を定める親がどちらもいない以上、リリィローズが社交界に顔を出さなくてもなんの問題もないはずだ。

にもかかわらず、執事は熱心に舞踏会の参加を勧めてきた。おそらく、さっきの言葉は建前で、本当はリリィローズに少しでも気晴らしをさせようという狙いなのだろう。

執事の気づかいがわかるから、固辞《こじ》するわけにもいかない。かといって心から楽しむ余裕などなくて、リリィローズは気乗りがしないままこの日を迎えていた。

「お願いね、レイナルド。わたしが留守にするあいだ、どんなに小さな知らせでも、届いたらすぐに呼び戻してちょうだい」

リリィローズは声を潜めると、唯一事情を知る執事にこっそり伝える。

「かしこまりました」

執事が一歩下がって御者に合図を送ると、馬車がゆっくりと動きだす。

リリィローズはその揺れに身を任せながら、人知れず深いため息を吐いた。

蜜色の髪と薔薇色の頬を持つリリィローズの瞳はいつもならくるくると表情を変え、見る者にはっとするような深い印象を与える。けれど、その碧い瞳はこのところ精彩《せいさい》を欠いて曇りがちな日々が続いていた。

彼女が生まれ育ったイルビオンは海洋国家として名高く、古くから国王とそれを支える貴族たちによって統治されてきた。ところが隣国ランサスで起きた革命を機に、イルビオンにも変化の波が押し寄せている。

爵位を持たない新興《しんこう》貴族と呼ばれる資本家たちが台頭《たいとう》し、没落した貴族から爵位や領地を次々と買収していった。これまで貴族が独占していた経済市場は、あっという間に資本家たちに席巻《せっけん》されてしまったのだ。

そうした時代の流れから、ラッセル伯爵をはじめとする多くの貴族たちは、資本家たちのスポンサーに名乗りをあげて資産運用をはかるようになった。

けれど、投資にはリスクがつきものだ。経済観念に乏《とぼ》しい貴族たちを狙った詐欺《さぎ》まがいの投資も横行して、これによって財産を失った貴族も少なくない。

幸いラッセル伯爵が投資した事業はすべて成功をおさめていた。その勢いに乗じてダイヤモンド鉱山の発掘にも乗り出すことになり、新大陸と呼ばれる未開の地へ、視察の旅に出ることになったのだ。

「いまごろお父様はどうしているのかしら……」

イルビオンしか知らないリリィローズにとって、異国への船旅は想像を絶する。

最初のうちは心配ばかりしていたが、やがて旅先から父の手紙が届けられるようになると、リリィローズも少しずつ不安から解放されるようになっていった。

手紙には、心躍る冒険譚《たん》や寄港地で見聞きした面白い話などが綴《つづ》られ、ラッセル伯爵がいかに快適に船旅を楽しんでいるのかが伝わってくる。

いつしかリリィローズも異国から届く数週間遅れの手紙を読むのが楽しみになっていた。

それなのに、二か月近くも手紙が途絶えてしまっている。

イルビオンから遠ざかるほど、手紙が到着するまでに日数がかかってしまうのは仕方がない。

運悪く嵐に遭遇《そうぐう》してしまうと、旅客船は沈没を防ぐために積み荷を海に投げ捨ててしまうこともあると聞く。父の手紙もそうした事情で届いていないだけかもしれない。

ひと月を過ぎるまでは、リリィローズもまだ前向きに物事を考えられていたのだが、さすがにふた月も連絡が途絶えてしまうと、胸に湧き上がる不安を無視できなくなっていた。

小さな点ほどだった黒い染みはいまでは全身に広がって、リリィローズの明るい眼差しにも影を落としてしまっている。

「こんなことではいけないわ。悪いほうにばかり考えていたら、本当にそうなってしまう」

こんなときいつも思い出すのは、ラッセル伯爵の言葉だ。

――主人の気鬱《きうつ》は使用人にも伝播《でんぱ》する。だから主《あるじ》たる者はいつも心穏やかにして、絶えず笑みを浮かべていなさい。

「お父様のおっしゃるとおりだわ。わたしが不安に思っていたら、みんなにも伝わってしまう。そうならないよう、お父様がいないあいだはわたしが女主人としてしっかりしなきゃ」

改めて自分に言い聞かせていると、ウェスト伯爵夫人の別邸近くで馬車がゆるやかに停車した。

「お嬢様！」

ずっとそこで待っていたのだろう。立ち並んだ屋敷の角から、黒い人影が急ぎ足で馬車に近づいてきた。

「アン、汽車が間に合ったのね」

「はい！」

侍女のアンは胸に荷物を抱えたまま、リリィローズに深々と頭を下げた。

「このたびはお嬢様にご迷惑とご心配をおかけしました」

「そんな、頭なんか下げないで。アンにはいつも世話になっているんだから」

「まあ、お世話だなんて！　侍女として当然のことをしているだけです。それに使用人にここまで親切にしてくださるのはラッセル家の方以外にはいません！」

アンは目に涙を浮かべると、声を詰まらせた。

「往復の汽車賃まで出していただいて、本当にありがとうございました」

領地に残っていたアンの母親が倒れたという知らせが届いたのは三日前のことだ。ローウッドから領地までは馬車だと二日がかりだが、汽車なら一日で戻ることができる。

知らせを聞いたリリィローズはすぐさま執事に手配させ、アンを母親のいる領地へと送り出したのだ。

「それで、お母様の具合はどうなの？」

「はい、お嬢様のはからいでお医者様にも診ていただいたので、私が領地を出る頃にはベッドから身を起こせるまでに回復しました」

「それを聞いて安心したわ。せっかくだからもっとゆっくりしてきたら良かったのに」

「そんなわけには参りません！」

アンは身を乗り出すようにして、リリィローズを窓越しに見上げた。

「母さんや領地に残っているみんなからも、自分たちのぶんまでお嬢様にお仕えするよう言われてきました。みんなお嬢様のお帰りを心待ちにしているんですよ」

「アン……」

これほどまでに使用人や領民たちから慕われているのは、ラッセル伯爵に人望があるからだ。威厳を失わないままやさしさを保つことは難しい。

そんな父の代わりを務めるなんておこがましいが、みんなのためにも頑張らなくては。

リリィローズは決意を新たにし、笑みを浮かべると、みずから馬車の扉を開いた。

「それじゃあ、アン。戻ったばかりで申し訳ないけど、予定どおり今夜の付き添いをお願いするわね」

「はい。お任せください、お嬢様」

アンは抱えていた荷物を御者に預けると、急いで馬車に乗り込んでくる。

リリィローズはウェスト伯爵邸のエントランスでふたたびアンと別れると、招待客に交じって、なるべく目立たないようにダンスホールへと進んでいった。

使用人たちの前では明るく振る舞えても、さすがに舞踏会を楽しむ気持ちにはなれない。執事の強い勧めがなければ、リリィローズは顔を出すことすらしなかっただろう。

そんな消極的な思いを反映するかのように、リリィローズの今夜のドレスは地味に過ぎた。夜会用に襟ぐりこそ大きく開いてはいるが、若草色に白いフリルをあしらっただけのドレスでは、ほかの令嬢たちの競い合うように派手なドレスの前では霞むどころか埋もれてしまう。

そのほうが好都合だと思いながらリリィローズが移動していると、前方のドレスの群れから悲鳴にも似た歓声が上がった。

「まあ、ランサスのサロンでは本当にそんなことが行われていましたの？」

「ええ、とても淑女のみなさまには詳細にお聞かせすることはできませんが」

令嬢たちから頭ひとつぶんはみ出た紳士が、リリィローズに背を向けた格好で集まった令嬢たちに話を聞かせている。

「ですがそんな思わせぶりな言い方ですと、かえって興味が湧いてしまいますわ。ねえ、みなさま」

正面で会話の主導権を握っているのは、鮮やかな深紅のドレスを纏った伯爵令嬢のメアリーだ。

彼女と同時期に社交界デビューをしたせいか、メアリーはなにかにつけてリリィローズを目の敵《かたき》にするようなところがあった。あとで知ったのだが、彼女の取り巻きの紳士が自分ではなく先にリリィローズにダンスを申し込んだことが原因のひとつらしい。

おかげでリリィローズは彼女に対する苦手意識がすっかりできあがってしまっていた。

おそらく話題の中心にいる暗褐色の髪色をした紳十も、メアリーの新しい取り巻きか最近お気に入りの紳士なのだろう。

貴族の子弟や令嬢の中には結婚まで貞節《ていせつ》を守ろうとする者と、それまでは自由に恋愛を謳歌《おうか》しようとする者がいた。もちろん表向きは、貞淑《ていしゅく》な令嬢と誠実な紳士ばかりだ。けれどメアリーとそこに集まる取り巻きたちにはいつも悪い噂がついてまわる。

リリィローズはなるべく関わらないようにしようと、さらに奥まった場所へ移動した。

そんな目立たない場所で人目を避けるようにしている令嬢など、普通なら目にも留まらないだろう。

けれど腰や臀部《でんぶ》を強調させるバッスルドレスは、コルセットの不要な柳腰《やなぎごし》を持つリリィローズのスタイルを際立たせ、次第に紳士たちの注目を集めるようになっていた。

リリィローズには一瞬で人を惹きつけるような華やかさはないが、ひとたびその姿が視界に入ると、気に留めずにはいられない。ともすれば華奢で大人しい印象なのに、大きな瞳だけが情熱を秘めたように煌めいている。そんなちぐはぐな印象が、かえって紳士たちの興味を引いてしまうのだ。

けれどラッセル伯爵のことで頭がいっぱいなリリィローズに、そんな紳士たちの好奇の視線が届くはずもない。

こうしているあいだにも父に関する情報がなにか届いているかもしれないと、気もそぞろになって、気持ちは舞踏会から屋敷のほうへ飛んでしまっていた。

そこにふたりの紳士が、ほぼ同時にダンスを申し込んできた。

「踊っていただけませんか？」

異口同音に言い放ったあと、紳士たちは先を争うように自己紹介してきた。

ひとりは鷲鼻《わしばな》の子爵で、もうひとりは以前にもリリィローズにダンスを申し込んできたことのある赤毛の伯爵だった。

「私は以前にもリリィローズ嬢と踊ったことがある」

けん制のつもりなのか、伯爵が自慢げに言い放つと、子爵も負けじと強い口調で言い返してきた。

「でしたら今回は、私に譲っていただいても構わないでしょう」

「なにを言う。こんな男は放っておいて、私と最初のダンスを踊ってください」

「いえ、ぜひこの私と」

舞踏会でダンスを申し込むのは紳士の礼儀のひとつだが、こうして運悪く鉢合《はちあわ》せしてしまうと男のプライドがあるせいか、どちらも引かない場合がある。その場合、一方を選ぶと恨みを残してしまう可能性もあった。

それをうまく断るのが淑女の器量でもあるが、それ以前にリリィローズはダンスを踊る気分ではなかった。

「ごめんなさい。じつは足を痛めておりまして、また次の機会にお相手をしていただいてもよろしいでしょうか？」

申し訳なさそうに微苦笑を浮かべると、さすがに怪我人相手に無理強いできないようで、ふたりはそれぞれ次回の約束を取り付けるとリリィローズの前から去っていく。

ここにいてはまた声をかけられてしまう。

リリィローズがまた慌てて場所を移動しようとしていると、ひとりの青年がはにかみながら声をかけてきた。

「あの、僕とダンスを踊っていただけませんか？」

彼が貴族の子弟でないことは、着ていたテイルコートの肩が体に合っていないことでわかった。

基本、貴族の服はオーダーメイドなので、彼のように着るものが体にフィットしていないことなどありえない。おそらく舞踏会への急な招待に、お仕着せのテイルコートを購入したのだろう。

かつては貴族のみが出入りを許されていた社交界も、貴族の招待状や紹介状さえあれば自由に出入りができるようになっていた。

目の前の青年も、ウェスト伯爵夫人に招待された資本家に違いない。

そうした資本家の中には、爵位目当てで令嬢に近づき、結婚を目論む者もいると聞く。

一見して誠実そうなダークブロンドの青年からは、そのような下心は感じ取れなかったが、誰とも踊るつもりのないリリィローズは、すぐに視線を外すと先ほどと同じ言い訳を口にした。

「申し訳ございません。じつは足を怪我しておりまして……」

「……そうでしたか」

しかし青年は断られても、俯くリリィローズをまだなにか言いたげに見つめている。

さすがに気まずさを感じたリリィローズは型通りのお辞儀をすると、もっとも近い柱とカーテンの陰にそっと身をひそめた。

レイナルドには悪いけど、やっぱり来るんじゃなかったわ。

思わずため息を漏らしたとき、柱の前にあった寝椅子にふたりのご婦人が腰かけてきた。

出て行くタイミングを失っていると、ふたりはリリィローズに気づかないまま会話を始めてしまう。

どうやらご婦人方は娘の付き添いとして舞踏会に参加しているらしかった。

ひとしきり自分の娘にふさわしい結婚相手について語り合ったあと、話題は身内から社交界の話へと移っていった。

「奥様、お聞きになりました？　ローズ公爵がとうとう養子を迎え入れるそうですわ」

「まあ、養子を？　たしか公爵家は早くに跡継ぎを亡くされたとか……」

「ええ、お可哀想に。ローズ公爵もご高齢ですから、そろそろ領地で隠居なさるおつもりじゃないかしら」

ローズ公爵家といえば王家の流れをくむ名家だ。近頃は体調不良を理由に社交界に姿を見せないこともあると聞くが、ローズ公爵ほど国王への忠誠心が篤《あつ》く、貴族としての自尊心にあふれた者はいないと言われている。そんな人物が後継者を指名しないまま、家名を途絶させるわけにはいかないのだろう。

「たしか一時期、亡くなられた跡継ぎに隠し子がおられると噂が出ていましたけど、あの話はどうなったのかしら？」

「まあ、隠し子？　それなら養子というのはそのご子息のことかしら？」

「さあ、私もそこまでは……」

周囲を憚《はばか》るようにして話す婦人たちの話題がラッセル家ではないことに、リリィローズはほっと胸を撫で下ろしていた。

貴族にとって社交界とは、たんに親交を深めたり子供の結婚相手を探したりする場所ではない。

噂話とはいえ、れっきとした情報収集や政治活動の場でもあるのだ。

狭い貴族社会で円満に過ごすためには、なるべく敵を作らず、うまく立ち回って噂をされない側に立たなければならない。それが貴族の処世術《しょせいじゅつ》であり、家名を守ることに繋がっていく。

なにしろいまは社会情勢が不安定なので、ちょっとした噂がもとで大事件にまで発展しかねない。

この前も、ある貴族が投資に失敗したという噂が流れ、その貴族がメインバンクにしていた銀行で取り付け騒ぎが起こってしまった。

結局あとから貴族の負債額は大したことではないとわかったが、その貴族は周囲からの批判と不名誉にさらされ、領地に引きこもったまま姿を見せないでいる。

そういった事例もあり、リリィローズも迂闊《うかつ》にラッセル伯爵のことを話題にしたり相談したりできずにいた。

さすがに執事のレイナルドだけは現状を把握しているが、だからといって主人であるリリィローズが使用人相手に不安や弱音を漏らすわけにもいかない。ある程度は相談できたとしても、すべてをさらけ出すわけにはいかないのだ。

ひとりで不安を抱え続けることが、これほどまでに苦しいことだとは思ってもみなかった。

息苦しさを覚えたリリィローズは、婦人たちがその場から離れるとすぐにダンスホールの出口へ向かう。

気晴らしのために舞踏会へ送り出してくれた執事には申し訳ないが、暗い顔のまま居続けるより、屋敷に戻って父からの連絡を待っているほうがましだ。

そう考えたリリィローズはダンスホールを出ると、エントランスの奥にある階段へと向かった。

二階に付添人の控え室兼令嬢たちの休憩室があると聞いていたからだ。

リリィローズは夜会用の白い手袋を外しながら、左右に分かれる階段の踊り場へ足を踏み出そうとしていた。すると、

「まあ、リリィローズ、貴女もいらしていたの？　あんまり地味なドレスだから気づかなかったわ」

階段の右手から、メアリーが取り巻きの令嬢ふたりを背後に従えてリリィローズにゆっくりと近づいてきた。

内心うんざりしながら、リリィローズは踊り場のところで足を止めると、礼儀にのっとって笑顔で挨拶《あいさつ》する。

「ご機嫌よう、メアリー」

「あいにく機嫌は悪いの。きっと貴女の顔を見たせいね」

「……では、失礼するわ」

それ以上返す言葉もなく早々に立ち去ろうとすると、メアリーが行く手を阻むように面前に立ち塞がる。

「待ちなさいよ」

仕方なく足を止めると、メアリーは勝ち誇ったような表情を浮かべた。

「聞いたわよ。ラッセル伯爵が失踪したそうね」

「……っ」

顔色を変えたリリィローズを見て、メアリーが満足そうに笑う。

「新大陸で事業を興す紳士の中には、現地妻をつくってイルビオンでの暮らしを捨てる者もいるそうじゃない」

「いいえ、お父様に限ってそんなことありえないわ」

思わず反論すると、メアリーは持っていた扇子《せんす》を広げ、ひらひらと扇いでみせた。

「あら、お気を悪くされたのならお詫《わ》びしますわ。でも、連絡が途絶えているのは事実でしょう？」

どうしてそのことを彼女が知っているのだろうか。

リリィローズが困惑していると、メアリーはつんと顔を上げて事もなげに言い放つ。

「私の母とウェスト伯爵夫人はとても親しい間柄なの」

その言葉で、リリィローズはすべてを悟った。

たしかに執事の勧めでリリィローズはウェスト伯爵夫人を一度だけ頼ったことがある。ウエスト伯爵は海運関係者に顔が利くので、航路でなにか事件や事故が起きていないか確認に行ったのだ。結局そこからはなんの情報も得ることはできなかったが、そのとき伝えた事情をメアリーが聞きつけてしまったのだろう。

けれどこれまでの彼女の言動から考えると、ここで下手に事実を認めてしまえばゴシップにされてしまう可能性がある。

そんなことはさせないと、リリィローズは急いで笑顔を取り繕いながら、なんでもないことのように言ってのけた。

「ありがとうメアリー、気にかけてくださって。でも、ご心配なく。お父様ならご無事でいらっしゃいますわ」

「まあ、連絡がつかないのにどうしてご無事だとわかるの？　海難事故が起きていないのなら覚悟の上の失踪ではなくて？　ねえ、貴女たちもそう思うわよね？」

「ええ、そうよ。メアリーの言うとおりだわ」

「きっと現地妻と新しい家庭でも築かれたのではなくて？」

取り巻きたちは口々にメアリーの喜びそうなことを言って、彼女の機嫌を取ろうとする。

そんな無責任な発言にリリィローズはじっと耐えていた。

どうして彼女たちはなんの根拠もないまま、ただの憶測をさも真実かのように語ることができるのだろう。

普段温厚なリリィローズも、悪意のある言葉にはさすがに苛立ちを覚えずにはいられない。

けれど社交の場で感情を露わにしては、不作法な人間と揶揄《やゆ》されるのはリリィローズの側だ。おまけにこんなところで事を荒立ててしまえばメアリーの話がますます広まり、やがて真実として噂が一人歩きしてしまうかもしれない。

そんなことにでもなれば、リリィローズどころかラッセル伯爵の名誉まで貶《おとし》めてしまうことになる。

リリィローズはいつもの癖《くせ》で唇を噛んで感情の波をやり過ごすと、なるべく平静を保ちながらメアリーに対峙《たいじ》した。

「とても想像力が豊かなのね。面白いお話を聞かせてもらったわ」

「なんですって？」

「だって、お父様は亡くなったお母様のことをいまだに深く愛しているし、わたしに必ず戻ると約束して視察の旅に行かれたのよ。だからお父様が失踪する理由はなにひとつないの」

　そう言い切ってしまうと、いままで抱えていた不安の連鎖まで不思議と断ち切れたように感じる。

　怖い怖いと怯えていると、自分の影まで幽霊に見えてしまうように、必要以上に悪いほうに考え込んでばかりいると、自分が作り出した影に取り込まれてしまうのかもしれない。だとしたら変に怖がらず、いまはただ父の帰りを信じて待っていよう。

　リリィローズがかえって晴れ晴れとした表情を見せるとメアリーは露骨に顔をしかめた。思ったほど相手をやり込められなかったことがよほど悔しかったらしい。

「さっきから聞いていると、私の話が全部でたらめみたいな言いぐさね」

　全部とまでは言わないが、少なくともラッセル伯爵に関する一連の発言は認める気はない。それにこれ以上、話を続けたところでメアリーの態度が軟化するとは思えない。

　リリィローズが黙ったままでいると、メアリーは豊満な胸を見せつけるように体を突き出してきた。

「さっきからラッセル伯爵の戻りを微塵《みじん》も疑っていないように言っているけど、だったらどうしてウェスト伯爵夫人のところへ確かめに行ったの？」

「それは……」

痛いところを突かれ、リリィローズは動揺から目を彷徨《さまよ》わせる。

「ラッセル伯爵の身になにか起きたと疑ったからでしょ？」

たしかにその頃、長らく手紙が途絶えたことに不安を覚えていたことは事実だ。けれど、ここで自分の抱えていた不安や怖れを認めてしまえば、せっかく前向きになりかけた心まで失うことになる。

リリィローズは伏せていた睫毛《まつげ》を上げると、自分を奮い立たせるように断言した。

「お父様は必ず戻ります。だってお父様は娘を裏切るような人ではないもの」

すると、メアリーの顔つきが途端に険悪なものに変わった。

「それは、私に対する当てつけのつもり？」

「え……」

「私の父が愛人の家に入り浸《びた》っているから、そんな嫌みを言ったんでしょ」

「いいえ、まさか」

本人の口から聞かされるまで、リリィローズはそんな噂を耳にしたこともなかった。たとえ知っていたとしても、そのことで相手を傷つけるような真似などしない。

けれどメアリーの解釈は違っていた。自分がそうであるから、相手も同じように返してくるものだと思い込んでしまっている。

「いまさらごまかそうとしても無駄よ！」

リリィローズの言葉は彼女の逆鱗《げきりん》に触れ、強烈な一撃となって肩に返ってきた。

「あっ……」

気がつけば体のまわりで風が起こって、背中が階段のほうへ傾きだしている。

あまりに突然のことで、リリィローズは悲鳴をあげる暇さえなかった。

「危ない！」

ふいに、強い衝撃が背中に走る。

落下が止まった視界の中に、やけに華やいだ顔の青年が現れた。

事故のショックからか、それとも美貌の青年を目の当たりにしたせいか、リリィローズの鼓動は大きく跳ね上がり、胸の高鳴りが耳にまで届いた。

「大丈夫ですか？」

「は、はい……」

長身痩躯《ちょうしんそうく》の青年は上品な紫色のクラヴァットをして、その色が暗褐色の髪と瞳に高貴な雰囲気を与えていた。

暗褐色の髪はランサス人の特徴のひとつだ。どうやら彼には隣国ランサスの血が流れているらしい。エキゾチックな面差しと癖のある前髪から覗くアーモンドアイは爽やかで、口もとには絶えず甘い笑みが浮かんでいた。

「間に合って良かった」

あまりに親しげな微笑みは、こちらに好意があるのかとうっかり錯覚してしまいそうなほど魅惑的だ。

この方が抱き止めてくれたから、転落せずに済んだのだわ。

心臓の高鳴りがおさまり少しずつ冷静になるにつれ、リリィローズは男に抱きしめられているような状況に気づき頬を赤らめた。

ダンス以外で男性の体に触れたのは、これが初めてのことだった。

「まあ、ノーラン！　こんなとこにいらしたのね。ずっと捜していたのよ」

見つめ合ったままのふたりに業《ごう》を煮やしたように、メアリーが近づいてくる。

「彼女ったら本当にそそっかしくて。私が手を伸ばしたときにはもう遅かったんですの」

「な……っ」

平然と嘘を言ってのけるメアリーの厚顔さに、リリィローズは言葉を失う。

「貴女たちも、私が助けようとしていたところを見ていたわよね？」

自分の言葉を正当化するように、メアリーが取り巻きたちに威圧的な視線を送る。

「え、ええ、そうなの！　危ないところだったわ」

「彼女を助けようとするなんて、メアリーは勇敢でやさしい人ね」

ここまでくると呆れ返って否定する気にもなれない。

リリィローズは男の手を借りながら体勢をととのえると、彼にお礼を告げた。

「危ないところを助けていただいてありがとうございました」

「いいえ、君に怪我がなくてなによりです」

この耳馴染みの良い、やさしげな響きには聞き覚えがあった。

どこで聞いたのかしらとリリィローズが考え込んでいると、騒ぎを聞きつけたアンが階段を駆け下りながら声をかけてきた。

「お嬢様！　どうなさったのですか？」

「いいえ、なんでもないわ」

余計な心配をかけまいとリリィローズは笑顔で応える。

「そろそろ屋敷に戻ろうかと思って、貴女を呼びに行くところだったの」

「それではすぐに御者に知らせてまいります。お嬢様はエントランスでお待ちになっていてください」

「わかったわ」

侍女とそんなやりとりを交わすあいだに、メアリーたちはランサスの紳士をしっかりと囲みダンスホールへ誘《いざな》っていた。

「ねえ、ノーラン。さっきの話の続き、私には聞かせていただけるでしょう？」

「ですが、淑女には刺激的すぎる内容になりますよ」

「まあ、だとしたら余計教えていただかないと。私、こう見えて刺激が強いほうが好みなの」

「では、後ほど改めて」

その会話の内容と、見覚えのある後ろ姿を見てリリィローズは確信した。

彼は先ほどダンスホールで令嬢たちに取り囲まれていた紳士にちがいない。だとすれば、メアリーやその仲間たちと同じように、奔放な恋愛を楽しむ人なのかもしれない。

そのとき、リリィローズの視線を感じたのか、ふいにランサスの紳士が顔だけ振り返った。自分の肩越しに一度メアリーを見て、それからリリィローズに改めて視線が向けられる。

そこにはなにやら意味ありげな表情が浮かんでいた。

もしかしてメアリーの嘘に気づいているのだろうか。

リリィローズがダンスホールへ向かう男の背中を見つめていると、まだ隣にいたアンがうっとりとため息をついた。

「はあ～、滅多に見ない素敵な紳士ですね。控え室もあの方の話で持ちきりだったんですよ。なんでも最近になってイルビオンの社交界に出入りされるようになった紳士だそうで、居合わせた令嬢のみなさまのあいだでダンスの争奪戦になっているとか」

たしかに、彼を見て騒ぐ気持ちはわかる気がする。

甘い微笑を浮かべる唇の曲線も、才気と清廉な印象を与える深い眼差しも、目を見張るばかりに整い気品を備えている。

「でも、女性のあしらいに慣れ過ぎている気がするわ」

「ランサスの貴族は恋愛主義と聞きますから、あの方もそうなのかもしれませんね」

男の姿がホールの中へ吸い込まれると、アンは我に返ったように階段を下りていく。

リリィローズも遅れて歩きだし、人気《ひとけ》の途絶えたエントランスに着くと、アンに言われたとおり馬車が来るのを待っていた。すると、

「もうお帰りになるのですか？」

背後から、先ほどのランサスの紳士の声が聞こえてきた。

彼はにこやかに微笑みながら、リリィローズにゆっくりと近づいてくる。

先ほど別れたばかりなのに、一体なんの用だろう。

メアリーとの一件もあり、リリィローズは緊張を走らせた。そのあいだにも男は優雅に足を動かし、やがて、均整の取れた体がリリィローズの前でぴたりと止まる。

「先ほどはご挨拶もせずに失礼しました。私はノーラン・シトロエン。イルビオンには三週間ほど前にやってきたばかりです」

爵位を告げなかったところをみると、どうやら彼は貴族階級の出身ではないらしい。

貴族以上に紳士然としているのに……。

驚いていると、問うような瞳が返ってきた。

「失礼でなければ、君の名前を伺っても？」

「あ、ごめんなさい。わたしはラッセル伯爵の娘でリリィローズと申します」

「ラッセル伯爵……」

わずかにノーランの目が見開かれる。

「もしかして、わたしの父をご存知ですの?」

「いいえ」

ノーランは笑顔で流すと、おもむろに白い手袋を差し出してきた。

「これを届けにきたのです。階段のところに落とされていましたよ」

きっと早い段階で落としていたことに気づいていたのだろうが、あの場の空気を察知してメアリーを連れ出したのだろう。見目良く気づかいもできるノーランに、リリィローズは少しだけ警戒を解いた。

「ご親切にありがとうございます」

礼を言って受け取ろうとすると、それより早く素手を掴まれてしまう。

「あ……っ」

「とても可愛らしいお名前ですね。可憐な君によく似合う。リリィローズとお呼びしても?」

人好きのする笑みを浮かべ、男は甘く囁きながら白い手の甲にうやうやしく口づけた。

その瞬間、やわらかな唇とあたたかな熱を感じ、リリィローズは鼓動が速まっていくのを意識する。

「君とはまた近いうちに会いたい。今度はぜひふたりきりで……」

手の甲にキスをするのは社交場ではありふれた挨拶だ。それなのにこんなに激しく動揺

してしまったのは、手袋越しでなく素肌に直接口づけられたからだ。

リリィローズは頬に熱が集まるのを感じて、とっさに目を伏せた。

「ラ、ランサスでは、いきなり相手を誘うのが流儀なのかもしれませんが、このイルビオンでは慎《つつし》んでおられたほうがいいと思いますわ」

「私が性急すぎると？」

「ええ、かなり」

動揺を隠そうとするあまりつい声が険しくなってしまう。

けれどノーランは気分を害したふうもなく、かえってこの状況を楽しむように微笑んでくる。

「では、手順を踏んでお誘いすれば、私の申し出を受け入れてくれるということですね？」

「そ、それは……っ」

思わず視線を戻すと、熱を孕《はら》んだ男の瞳とぶつかった。

その口調は穏やかで物腰もあくまでやわらかなのに、彼の眼差しにはどこか相手の気持ちを乱すような妖しい光が宿っている。

見つめられているだけで胸がざわついて落ち着かない。

「お嬢様、お待たせいたしました」

ふいにアンの声がエントランスに響き、ノーランの手から力が抜ける。

リリィローズはそのすきに手袋を摑むと、彼の手を振り払うように辞去《じきょ》の挨拶をした。

「手袋を届けていただいてありがとうございます。……それではこれで失礼いたします」

そのまま彼の顔を見ずに、リリィローズは逃げるようにして箱馬車へと乗り込んだ。

これでしばらくは舞踏会に顔を出す予定もない。だから二度と、彼に会うこともないだろう。

箱馬車が動き出すとすぐに男のことなど忘れ、頭の中はラッセル伯爵のことで占められてしまう。

だから、リリィローズはまったく気づいていなかった。

「彼女がラッセル伯爵の娘か……」

彼女の乗った箱馬車を、じっと見つめるノーランの冷たい眼差しに。彼の顔にはやさしさと冷徹さが等しく隣り合い、男の持つ妖しげな色香を弥増《いや》していた。


翌日、リリィローズは昼近くになってから目を覚ました。

呼び鈴へと繋がるタッセルを引くと、しばらくしてアンと部屋付きのメイドふたりが次々と部屋にやってくる。

メイドのひとりが天蓋付きベッドのカーテンを開くと、もうひとりが窓にかかる厚手のビロード地のカーテンを引いて陽の光を取り込んだ。

そのあいだにリリィローズが夜着のままで化粧台の前へ移動すると、ブラシを持ったアンが鏡越しに尋ねてきた。

「おはようございます、お嬢様。本日のドレスはどれになさいますか？」

中流以上の貴族になると、家族ひとりにつき三人の世話役がいるのが習わしだ。

リリィローズも生まれてからずっと着替えから髪の手入れに至るまで、すべて侍女やメイドたちの手を借りて過ごしてきた。それがラッセル家では当たり前の光景なのだ。

「瞳の色に合わせて、濃紺のドレスなどいかがでしょう？」

アンが提案すると、メイドのひとりがクローゼットに歩み寄り、大きく扉を開け放つ。

「でも、アン。晩餐会のドレスは若草色だったのよ。今日はもっと明るい色のドレスがいいんじゃないかしら？」

するともうひとりのメイドも、並んだドレスを眺めながら自分の意見を口にした。

「それなら薔薇色のドレスがいいわ。きっとお嬢様の白い肌によく映えます」

自分の仕える主人をいかに美しく着飾らせるかで、アンやメイドたちが本人以上に熱心に検討を始める。

その声の賑やかさに、つかの間ラッセル伯爵がいない寂しさを紛らわすことができた。

結局、リリィローズは三人の意向を汲んでラベンダー色のドレスに着替えると、そのまま三階の自室から一階にある食堂へと下りていった。

リリィローズが食堂に姿を見せると、執事の合図ですぐさまブランチをのせたワゴンが運び込まれる。

食堂には十人ほどが座れるオーク材の重厚な食卓と椅子があって、いつもはラッセル伯爵の席となる中央の椅子近くに執事が待機していた。

その席にリリィローズが歩み寄ると、執事がタイミング良く椅子を引いて、女主人を優雅に着席させる。

ブランチならわざわざ食堂に下りなくても部屋でとることもできるのだが、あえてそうしないのは、ここにくればすぐに執事へ確認が取れるからだ。

「お父様からのお手紙、今朝は届いているかしら？」

「いいえ、残念ながら」

「そう……きっと明日には届くわね」

「はい」

何度、同じ会話を繰り返してきたかしれない。

いくらリリィローズが気丈なふりをしても、落胆して肩が落ちてしまうのは隠しようがない。しかし執事はあえてそのことに触れないまま、淡々と言葉を続けた。

「お嬢様、本日、旦那様のメインバンクの担当者より訪問の申し出がございました」

「いったいなんの用かしら？」

「内容はわかりません。ですが、至急お嬢様にお会いしたいとのことです」

そんなことを言われても、担当者の役に立つようなことはなにひとつ思い浮かばない。

銀行との取り引きや資産についてはラッセル伯爵がつねに管理しているし、屋敷の維持や雑務にいたってはすべて執事任せだ。

一般的な令嬢たちと比べればリリィローズは金銭感覚があるほうだが、それでも、欲しいものを得るには相応の代価が必要であると認識している程度で、これまで実際に金銭のやりとりをしたことはない。

結局はほかの令嬢たちと同じように、実際の物の値段や貨幣価値については無知に等しかった。

リリィローズの戸惑いを感じたのか、執事が遠慮がちに尋ねてくる。

「どういたしましょう、お嬢様。担当者とお会いになりますか？」

「……そうね、会うだけ会ってみるわ」

不安に思いながらも小さく頷く。

「それでは、午後にでも会えるよう手配いたします」

一礼して執事が立ち去りかけると、リリィローズは慌てて彼を呼び止めた。

「待って、レイ。よければ貴方も立ち会ってもらえる？」

思わず子供の頃の愛称で呼びかけると、執事は周囲に誰もいないことを確かめてから、あからさまに眉をひそめて振り返った。

「お嬢様。その呼び名は改めていただきたいと、前からお願いしているはずです」

「ごめんなさい。レイとは幼なじみだから、つい口から出てしまって」

「昔はそうでもいまでは立場が違います。お嬢様は社交界デビューをされた立派な淑女です。そのように軽々しく話しかけられては、ほかの使用人たちにも示《しめ》しがつきません」

「そうね、ごめんなさい。これからは気をつけるわ」

もともと生真面目だったレイナルドは、執事職を受け継いでからますます身分の上下やリリィローズの振る舞いについて口うるさくなっていた。

若くして大勢の使用人を取り仕切る立場にいるのだ。そうやって威厳を保ち、規則を守らなければ、なにかと仕事に差《さ》し障《さわ》りが生じるのだろう。それに愛称で男性を呼ぶのは、特別な関係と誤解されても仕方のない行為だ。

叱られたリリィローズがしょんぼりしていると、執事は相変わらず淡々とした態度ではあるが歩み寄りを見せる。

「かしこまりました。お嬢様のご命令とあれば、私も立ち会わせていただきます」

なんだかんだ言いながら、ラッセル家の忠僕《ちゅうぼく》は主の意志を尊重せずにはいられない。

「ありがとう、レイナルド」

リリィローズの碧い瞳がうれしそうに輝くと、執事は無言のまま一礼して食堂から出て行った。


その日の午後には、執事から連絡を受けた銀行家がローズハウスを訪れていた。

リリィローズが二階の応接室で待っていると、蛙《かえる》のようにお腹がふくらんだ中年紳士が重そうに体を揺らしながら部屋に入ってくる。

思いがけないことに、その後ろには見知った顔の紳士までいた。

なぜ彼がここに、とリリィローズのなかで疑問が起こるなか、中年の紳士が先だって自己紹介を始めた。

「はじめまして、セントラル銀行のジョン・スミスです。どうぞお見知りおきを」

「はじめまして、スミスさん。リリィローズです」

「それから、彼が」

銀行家が紹介する前に、暗褐色の瞳を煌めかせた紳士が前に進み出る。

「ご機嫌よう、リリィローズ嬢。まさかこんなに早く再会できるとは思いませんでした」

「え、ええ。わたしもです、ノーランさん」

ふたりのやりとりを聞いて、銀行家が探るような目つきをした。

「なんと、お知り合いでしたか」

「昨夜の晩餐会で、偶然お会いしたのです」

リリィローズが答えると、ノーランがそのあとを引き継ぐ。

「私がリリィローズ嬢の手袋を拾って届けたのです」

「ほう、それはまた奇縁《きえん》ですな」

ふたりに椅子を勧めると、銀行家の視線が壁際の執事の上でとまった。

「ここから先は込み入った話になりますが、よろしいのですかな？」

どうやら人払いをしろということらしい。それほど重要な話なら、なおのこと執事にいてもらわねばならない。

「執事も同席させてください。父が不在のあいだは、彼が会計管理を任されているのです」

「それなら構いません」

銀行家はメイドが運んできた紅茶で喉を湿らせると、もったいぶった様子で口火を切った。

「ところで、お嬢様はご存知でしたかな」

「なんのお話でしょう？」

含みのある銀行家の発言に、リリィローズはわずかに眉根を寄せる。

「ラッセル伯爵は鉱山開発の資金調達のため、この屋敷の一部を担保に当行から融資を受けておられるのです」

「え？」

思わず執事に目線をやると、レイナルドが小さく首を横に振った。

どうやら彼にとっても寝耳に水の話らしい。

「ラッセル伯爵は視察から戻り次第、当行に全額返済すると約束されていました。しかし……」

銀行家はいったん口を閉じてから、辺りを憚るように声をひそめて話を続けた。

「噂によると、ラッセル伯爵が消息を絶っておられるとか」

リリィローズは思わず息を呑む。

メアリーに言われたのは昨日のことだったのに、もう銀行家の耳に届くほど噂が広まっているのだろうか。

「そ、それは少し大げさだと思いますわ」

笑顔で動揺を隠しつつ、リリィローズは状況を説明した。

「父は消息不明なのではなく、ほんの少し連絡が途絶えているだけですわ。ご存知のように父の視察先は新大陸です。手紙を出すにも、通信手段の発達したローウッドと同じようにはいきません」

「もちろんそうでしょうが……」

銀行家はリリィローズに賛同しつつも、その声には深い懸念がしつこく居座っている。

「たしかに新大陸までは、船旅だと片道三か月かかると聞きますが、往復の六か月と滞在のひと月を差し引いても、すでに二か月も連絡がつかない状態が続いているのではないですか？」

「え、ええ……」

銀行家はわずかに身を乗り出すと、不安をかきたてるような顔つきで言った。

「なにかおかしいとは思いませんか？」

「それは……」

膝に置いていた指が震えだすのを感じて、リリィローズはとっさに手を組んでそれをやり過ごす。

頬にも強ばりを感じたが、それでもなんとか会話を続けた。

「スミスさんがおっしゃった旅程は、あくまで船旅が順調に行けばの話です。父は当初から嵐などの不測の事態に備えて、帰港の予定をシーズン終了の八月に予定しておりました。いまはまだ六月、帰港予定まであと三か月近くもありますわ」

けれど銀行家は、無情に言葉を聞き流す。端《はな》からリリィローズの意見を聞くつもりなどないのだ。

「もちろんお嬢様がそれまでラッセル伯爵のお戻りをお待ちになるのは自由です。ですが、私どもの立場としてはこのような噂が立ってしまった以上、八月まで悠長にお帰りを待つわけには参りません」

ようは融資した金額をいますぐ返金しろということらしい。

少し前に起きた他行の取り付け騒ぎで、どこの銀行家も神経を尖らせているのだろう。

「……わかりました。それではすぐに執事に小切手の用意をさせます」

融資を返済すれば問題が解決するというのなら、父に代わって決済をするまでだ。

リリィローズが応じると、それまで黙って控えていた執事が遠慮がちに口を挟んできた。

「申し訳ございません、お嬢様。小切手のご用意はできません」

「え？　どうしてなの？」

驚いて体を向けると、執事は胸に手を置きながら、リリィローズの前へ進み出た。

「旦那様のサインがなければ、たとえお嬢様でもラッセル家の資産を勝手に使用することはできないのです」

「だけど、留守のあいだはレイナルドがお金の管理をしているのでしょう？　わたしが無理でも貴方のサインで小切手を振り出すわけにはいかないの？」

「私がお預かりしているのは、あらかじめ金額を記入して、旦那様がサインを済まされた定額小切手です。そこから毎月の支出や人件費を支払えば、手もとに残る現金はほんのわずか。とても融資の返済などできません」

「そんな……」

初めて知る事実にリリィローズは愕然《がくぜん》とする。

「それじゃあ、うちにはお金があっても、お父様がいなければ金貨一枚も引き出せないということ？」

「はい」

それでは金がないのも同然だ。いったいどうすればいいのだろう。

リリィローズが途方に暮れていると、銀行家が薄笑いを浮かべてこう切り出してきた。

「預金を引き出せないのであれば、現金を作られてはいかがですか？」

「作る？」

どういう意味かと首を傾げていると、銀行家はここでようやく隣にいたノーランに水を向けた。

「じつはここにいるノーラン氏も、ローズハウスの権利書をお持ちなのです」

「えっ……」

銀行に担保として預けていただけでも驚きなのに、第三者の手に権利書が渡っていたとなると正気を疑ってしまう。

「よろしければノーラン氏に別邸を売却してはいかがでしょう？」

突然の売却話に戸惑ってノーランを見ると、彼も困惑した面持ちで事情を話し始めた。

「私はランサスを拠点に事業を行っていますが、このたびイルビオンに移住することになり、ローウッドに屋敷を構えるためこちらの権利書を手に入れたのです。ところが手続きのために銀行を訪れてみると、この権利書には三分の一の権利しかなく、ひとつは銀行、ひとつは私、そして残るひとつはリリィローズ嬢がお持ちだと言われたのです」

「そんな、わたしはなにも……」

「おそらくこのことでしょう」

いつの間にか席を外していた執事がリリィローズに近づくと、どこからか持ってきた書類を手渡してきた。

「これは……わたし名義の別邸の権利書だわ。どうしてお父様はわざわざこんなことを？」

思わず呟くと、銀行家はさも迷惑そうに頭を振ってため息を吐く。

「それは私どもがお伺いしたい。ラッセル伯爵はどういった事情で屋敷の権利書を三等分にされたのでしょう？」

問われたところでリリィローズが答えられるはずもない。そもそもローズハウスが担保にされていたことを今しがた知ったばかりなのだ。

黙り込むリリィローズに、銀行家はやれやれと両手を広げた。

「経験上、ひとつの物件に複数の権利者がいると、まとまる話もまとまらなくなる」

その言葉を裏付けるように、ノーランが穏やかに申し出る。

「リリィローズ嬢、できれば私はこの屋敷を買い取りたいと思っています」

降って湧いた話に、リリィローズの思考はついていかない。ただはっきりしているのは、ここを売る気はないということだ。

「いいえ、この屋敷は手放しません」

リリィローズはドレスのひだをぎゅっと握りしめる。

「この屋敷は母が亡くなるまで家族三人で過ごした想い出の場所なんです。それに父もこのローズハウスに必ず戻ると言って旅立ちました。そんな大切な場所をいまここで手放すわけにはいきません」

その言葉を聞いて、ノーランが頬を強ばらせた。

異国から来た彼にしても、思いがけない展開なのだろう。

「では、どうやって私どもに返済なさるおつもりですか？」

責めるような銀行家の声に、リリィローズは言葉を詰まらせた。

「それは……これから考えて……」

「だから言ったでしょう！」

それ見たことかと、銀行家が鼻で笑う。

「ノーラン氏が当行の有する権利書を買い取りたくても、私どもの第一の交渉先はラッセル家になります。もちろんお嬢様が返済できずに契約不履行《ふりこう》となれば、私どもはノーラン氏に権利書を売却しても構いません」

銀行家はいったん言葉を切ると、ノーランからリリィローズに視線を移した。

「幸い残りの権利書はお嬢様の名義になっている。あとはあなたに同意してもらえれば屋敷の売買は成立し、私どもも確実に資金の回収ができるのです。三方とも丸くおさめるにはそれが一番でしょう」

ノーランはリリィローズを気にかけるようにして、銀行家の意見にとりあえずの相槌を打つ。

「たしかにそうですね」

「ま、待ってください」

勝手に話を進められ、リリィローズは戸惑いと不満の色を瞳に映した。

「わたしはなにも返済しないとは言っていません。ただ、手続きに必要な父のサインが得られないというだけで……」

すると銀行家は、これまでも透けて見えていた酷薄《こくはく》さをあからさまにした。

「屋敷を売却しないなら、ひとまずラッセル伯爵の死亡届を出されてはいかがですか？」

「な……っ」

リリィローズの瞳が大きく揺らぐ。

無事の帰りを信じて待つ家族の前で、なんて無神経な発言をするのだろう。

とっさに言葉も出てこない。

「ラッセル伯爵が行方知れずのままでは、今後もなにかとご不便が多いでしょう。今後の遺産整理や相続の手続きを進めるためにも、死亡届をご提出いただいたほうが、こちらとしてもなにかと融通が利くのですがね」

「やめて、もう聞きたくありません！」

銀行家から体ごと顔を背けると、リリィローズは悔しさのあまり唇を噛んだ。

けれど銀行家は引き下がるどころか、ますます追い詰めるようなことを言ってくる。

「現実を直視できない気持ちもわかります。ですが、このままご返済いただけないとなると、銀行としてはローズハウスを差し押さえることになります」

「え……っ」

「そうなってしまえば社交界にも話が伝わり、ラッセル家の醜聞《しゅうぶん》に発展しかねませんよ。伯爵家の名誉を汚すことになってもよろしいのですか？」

「やめて……お願い……お願いですから……」

リリィローズは動悸《どうき》を鎮めようと胸に手を押し当てた。

どうして連絡や帰国が遅れているだけで、父に不幸があったと決めつけるのだろう。まだ猶予《ゆうよ》があるうちはそんなことは信じない。絶対に認めるわけにはいかない。

そんなリリィローズの複雑な心中を窺い知ったのか、執事が主人に代わって銀行家とノーランに申し出た。

「申し訳ございませんが、今日のところはお引き取り願えますでしょうか？」

すると銀行家は、小娘のヒステリックには付き合いきれないとばかりに大げさに肩を竦《すく》めながら椅子から重い腰を上げた。

「仕方ありませんな、今日のところはこれで失礼いたします。ですが、お嬢様。早めのご決断をお願いしますよ」

感情のこもらぬ声が、暗にラッセル伯爵は二度と戻らないのだと伝えてくる。

それは、リリィローズの抱く希望を打ち砕くような非情な仕打ちだった。

「玄関までお送りいたします」

執事がドアを開けてふたりを促すと、銀行家に続きノーランも部屋の外へ向かう。

けれどなにを思ったのか、彼はドアの前で立ち止まると、必死に涙をこらえていたリリィローズのもとへ戻ってきた。

「気を強く持つのです」

男の手が肩にそっと添えられる。

「まだ戻らないと決まったわけではないのですから」

「……っ」

それが同情や気休めからだとしても、傷つけられたばかりの心には深く沁みた。思いがけないやさしさは、リリィローズの鼻腔の奥をつんと詰まらせ胸の内を静かに震わせる。

かろうじて涙を流さずに済んだのは、気をつかったノーランがすぐに出て行ってくれたからだ。

リリィローズは天井を見上げ、なんとか気持ちを奮い立たせると、執事が戻ってくるのを待ちきれずに廊下に出た。

いまは泣いている暇などない。先のことを考えなくては。

やがて見送りを済ませた執事が廊下に佇む主人を見つけ、歩みよる。

執事は少しだけ赤くなった主人の瞳に気づかぬふりで、淡々と状況を確認し始めた。

「なぜ旦那様のことが、銀行に知られてしまったのでしょう？　あのような噂さえ耳に入らなければ、向こうも焦って資金を回収しようなどと思わなかったはずです」

「もしかしたら、ウェスト伯爵夫人から話が漏れたのかもしれないわ」

「まさか……」

「じつは昨夜の舞踏会で、間接的にウェスト伯爵夫人から話を聞いたという令嬢がいたの」

いつもの調子でメアリーに絡まれただけだと思っていたが、予想以上に話が広まっているらしい。

「お父様から留守を頼まれているのに、こんなふうに不名誉な噂が流れてしまうなんて。お父様が戻られたらきっと悲しむわ」

「いいえ、ご自分を責めてはいけません。悪いのは私です」

執事がめずらしくはっきりと苦渋《くじゅう》の表情を見せる。

「ウェスト伯爵夫人にご相談するようお勧めしたのは私です。まさかそのせいで噂が広まるとは考えが及びませんでした。そのうえ銀行側とトラブルを起こせば、ますますラッセル家に悪評が立ってしまうでしょう」

「だからといって、お父様の死亡届を出すような不吉なまねなんてしたくないわ」

当面の解決策だとしても、そんなことをして万が一にでも本当になってしまうのが怖い。いまここで父が無事に戻るという希望を奪われたら、リリィローズには執事や使用人たちの前で毅然《きぜん》としていられる自信がなかった。

「大丈夫です、お嬢様。ひとまず銀行の件さえどうにかしたらよいのです」

「でも、お金があっても引き出すことはできないのよ」

リリィローズたちが途方に暮れていると、ふいに廊下の角で人の動く気配がした。

「誰です!?」

執事の詰問する声に顔を覗かせたのはノーランだった。

「申し訳ありません。忘れ物をして取りに戻ったら、おふたりの会話が聞こえてしまって。ですが、ちょうどよかった」

ノーランは静かに歩み寄ると、真摯な眼差しでリリィローズに告げた。

「よろしければ、私が力をお貸ししますよ」

2章　豹変《ひょうへん》

リリィローズが食堂に顔を出すと、すでにノーランは食後の紅茶に口をつけていた。

「おはよう、リリィローズ嬢」

癖のある前髪から穏やかなアーモンドアイが覗いている。

やさしげな微笑みにリリィローズも笑顔で返すと、執事が引いていた中央の椅子に腰を下ろしてから右手に座るノーランに話しかけた。

「朝はいつもこんなに早いのですか？」

「いいえ、今日などは遅いほうです。本来ならとっくに出かけて商談でも始めている頃なのですが、先方の都合で時間を遅らせることになってしまって」

「そ、そうでしたか」

彼の返事を聞きながら、リリィローズの頬は次第に赤く染まる。

貴族の朝は労働者階級に比べて遅いとは聞いていたが、リリィローズにとって当たり前の起床時間は彼にとっては寝坊に近い感覚なのだ。改めてそれを知らされると、わずかながら気まずさと羞恥《しゅうち》を覚えてしまう。

ノーランは素早くそれを感じ取ったようで、さりげなく話題を別のものに変えた。淑女に恥をかかせないのが紳士のつとめなのだ。

「急なことなのに、こちらに滞在《たいざい》させていただき感謝します」

「そんな、わたしのほうこそ助けていただいてありがとうございます」

昨日のやりとりを思い出し、リリィローズは心からノーランに礼を述べる。

銀行家が帰った直後、忘れ物を取りに戻ったノーランに執事との会話を聞かれてしまった。そのうえでノーランはリリィローズに様々な助言をしてくれたのだ。

リリィローズはそのときのやりとりを思い出す。

「銀行側と交渉する余地はまだ残っていると思いますよ」

昨日、彼はリリィローズを見つめはっきりと告げてきた。

「交渉、ですか？」

「ええ」

目もとの笑みを深めながら、ノーランは真摯な口調で先を続けた。

「銀行が怖れているのは損失を出すことです。聞けばラッセル伯爵は負債を抱えているわけでなく、たんにお戻りが遅れているだけだとか」

「ええ、そのとおりです」

リリィローズは思わず声を弾ませた。

ラッセル家以外の人間で、噂を鵜呑《うの》みにしていない者はそう多くないだろう。彼が信じてくれただけでもリリィローズは強い味方を得たような気がして、初めて舞踏会で会ったときよりもノーランに好感を持つようになっていた。

「銀行側も明確な返済期日を提示したわけではありません。それなら八月まで猶予をもらえるよう交渉してみてはいかがですか？」

「でも、先ほどの反応といい、スミスさんが納得するかどうか……」

「もちろん、銀行側もただでは待ってくれないでしょう。だから待ってもらうあいだ、貸付金に対する利子を払うと申し出るのです」

「え、支払いの義務はないのに利子を払うのですか？」

思わず聞き直すリリィローズにノーランは小さく頷いた。

「少々無駄な出費にはなってしまいますが、余分にお金が入るのであれば銀行側も文句は言ってこないはずです。これはあくまでラッセル伯爵がお戻りになるまでの時間稼ぎです」

するとと、廊下の端でふたりのやりとりを聞いていた執事が難しい顔をした。

「たしかにノーラン様のご提案なら銀行側もこちらに猶予を与えるでしょう。ですが、旦那様のサインがない限り当家には利子を払うすべがございません」

「あ……」

希望が見えたと思ったら、またすぐに行き詰まる。

そんなリリィローズを救ったのもノーランの一言だった。

「では、屋敷にある不要品を売却して、当座の現金を確保するというのはどうでしょう？」

「そうね、それならなんとかなりそうだわ！」

リリィローズは執事の意見を聞こうと、期待を込めて表情を窺った。

「たしかに屋根裏には不要品や使っていないものがたくさん置いてあります。それを売却すれば、当面の現金を確保できるでしょう。ただ……」

「なにか問題でもあるの？」

リリィローズが首を傾げると、執事の眉間に縦じわが刻まれる。

「私が直接、業者に出入りして家財を売却するとなると、またラッセル家に妙な噂や悪評が立つかもしれません。いまは目立つ行動を控えるべきかと」

「困ったわ……」

頭を悩ませていると、ノーランがすかさず言った。

「それでは、不要品の売却や銀行との交渉は私に任せていただけませんか？」

「え、ノーランさんに？」

「はい。売却に関してはラッセル家のことは伏せて、私個人の取り引きにすれば妙な噂も立たないでしょう」

「それはありがたいお申し出ですが……」

いくら親切な人とはいえ、ほとんど面識のないノーランにそこまで甘えてしまっていいのだろうか。

善意のなかだけで育ったリリィローズは遠慮の気持ちから躊躇《ちゅうちょ》していると、執事だけが怪しむような目つきで眼鏡の奥を冷たく光らせた。

「なぜノーラン様はそこまで当家に良くしてくださるのでしょう？　失礼ながら資本家の方が損得勘定《そんとくかんじょう》抜きで行動を起こすとは考えられません」

言われてみれば、たしかに善意を施したところで彼が得るものはないように思える。

「それに、必要以上にお嬢様に親切になさるのも不自然な気がいたします」

「レイ……っ」

相手の善意を疑うような発言にリリィローズは目を丸くした。思わず昔の愛称で彼を咎《とが》めてしまったほどだ。

それを聞いたノーランもわずかに目を眇める。

主を差し置いて、執事であるレイナルドが出しゃばった発言をしたのは、ノーランに対して警戒心を抱いているからだ。過ぎる厚意はかえって怪しい。

だからといってあの言い方は露骨すぎる。

リリィローズが心配していると、案の定ノーランは傷ついた顔をして、愁《うれ》いを帯びた眼差しでふたりを見つめてきた。

「信じていただけないのは、私が貴族ではないからでしょうか？　もちろん本物の紳士というわけにはいかないでしょうが、それでも私はこれまで紳士たれと己を律し、相手に誠意を尽くしてきました。だからこそ、事業が成功したのだと思っています」

「ノーランさん……」

その声から、いかに彼が傷ついたかがわかり、リリィローズは胸まで痛んだ。

「ですが、執事の彼が疑うのも仕方ありません。私がリリィローズ嬢に好意を抱いていることは紛れもない事実ですから」

思いがけず艶やかな視線を浴び、リリィローズは頬に熱が集まるのを感じた。

「もちろんそのことがなくても、困っている人がいれば助けたいと思っています。ですが、相手がリリィローズ嬢だからこそ私の力でなんとかして差し上げたいと願ったのです」

思いがけない告白に一瞬、息を詰まらせた。執事を説得するための方便だろうが、熱のこもった彼の言葉に胸が熱くなってしまう。

「彼にはその想いが、浅ましく見えたのでしょう」

執事まで気まずげな表情を浮かべたのを見て、リリィローズは慌てて言い募った。

「ち、違います、ノーランさん。レイナルドは決して貴方の善意を疑ったわけではありません。ただ彼は昔から物事を慎重に進めていく性格なのです」

するとノーランはリリィローズの発言に同調するように弱々しく微笑んだ。

「ええ、きっと彼はラッセル家やリリィローズ嬢のことを心配されて、わざとあのようにけん制するような発言をなさったのでしょう」

「ええ、そうです。レイナルドは生真面目なくらい当家に忠実な執事なのです」

「では、私の申し出を受けてくださいますか？」

「それは……」

ほんの一瞬迷ったが、この流れで断ってしまえば彼の善意まで否定することになる。

「……はい」

結局、リリィローズは躊躇《ためら》いながらもノーランの申し出を受け入れることにした。

リリィローズとノーランのあいだで話が決着すると、執事はそれ以上なにも口を挟んではこなかった。

それからノーランは言葉どおりにすぐさま銀行へ出かけて交渉役を務めると、そのまま不用品の売却先まで探しまわってくれたのだ。

そういった交渉と今後の売却手続きのために、ノーランはしばらくのあいだ客人としてローズハウスに迎え入れられることになった。

ただ、三人で打ち合わせたとおりに、事は簡単には運ばなかった。

まだまだ問題は山積みだわ。

リリィローズが物思いに耽《ふけ》りながら食事を終え、手にしたカトラリーを置くと執事の声が耳に届いた。

「あとは私がやります」

執事はそう言ってティーセットを運んできた給仕係を追い出すと、手ずからリリィローズに紅茶をいれる。もちろんゲストのカップに注ぐことも忘れてはいない。

「旦那様がお戻りになったら、スミス氏の銀行との付き合いを見直さなければなりませんね。まさか利息だけでなく貸付金の半分も三か月以内に返済しろとは、こちらの足もとを見ているとしか思えません」

執事が憮然《ぶぜん》としていると、ノーランが申し訳なさそうな顔をした。

「すみません、私の交渉力が至らないばかりに……」

「そんな、気になさらないでください」

リリィローズは自分のことのように落ち込むノーランを慰めた。彼としては利息のみで事を収めるつもりだったのだが、銀行側もなかなか首を縦に振らなかったのだ。

「想定していたより支払額は増えましたが、ノーランさんのおかげで三か月の猶予ができました。本当にありがとうございます」

「そう言っていただけると救われます」

形の良い唇がようやく笑顔の線を刻む。

昨日、「好意を持っている」と言われたことを思い出し、思わずどぎまぎしてしまう。方便とはいえ、誰かに好意の言葉を寄せられるのは単純にうれしい。

けれど、女性のあしらいに長《た》けている彼のことだ。あの言葉も彼にとっては女性への礼儀のひとつなのだろう。リリィローズはあえてそのことには触れず、普段どおりに振る舞うことにした。

対するノーランは交渉がうまく運ばなかったことに責任を感じているのか、身を乗り出すようにしてリリィローズに問いかけてくる。

「こうなると不要品を売却するだけでは支払いが間に合わないのではありませんか？」

「ええ……」

長い睫毛が、碧く澄んだ瞳に影を落とす。

この屋敷で父の帰りを待ちたいだけなのに、なぜか周囲が放っておいてくれない。リリィローズの身辺は騒がしくなるばかりだ。

「よろしければ、私が不足分を立て替えて差し上げましょうか？」

「え？」

突然の申し出にリリィローズの顔に困惑の色が広がると、ノーランが矢継ぎばやに言葉を継いだ。

「もちろん借金となると、担保をお預かりすることになります。あくまで一時的な措置になりますが、私にローズハウスの権利書を担保として預けてくだされば すぐにでも不足分をご用意いたします」

どれだけ彼が寛大でも、これ以上厚意に甘えるわけにはいかない。

リリィローズは胸のうちで感謝しつつ、ノーランにはっきりと告げた。

「そのことなら大丈夫です。問題ありませんわ」

「え？」

ノーランは戸惑った表情を見せると、言葉の意味を見つけ出そうとリリィローズの顔をじっと見すえてくる。

「じつは、ノーランさんからお話を聞いて、昨夜遅くまでレイ……いえ、うちの執事と話し合って使用人を解雇することに決めたんです」

「解雇？　まさか別邸にいる全員をですか？」

「はい」

リリィローズの答えを聞くなり、ノーランの顔からすっと笑みが消えた。

きっと心配してくれているのだろう。

そう思ったリリィローズは、急いで事情を説明した。

「ここで働く使用人の半数以上は領地から連れてきているのですが、その者たちはいったん本邸に戻すことにしました。残りは直接ローウッドで雇っているので、その者たちを解雇すれば人件費やほかの出費がかなり抑えられることがわかったのです」

主の発言を引き継ぐように、執事がそれとなく言葉を添える。

「やはり一番の出費はローウッドにおける人件費と経費です。ここの物価は領地の二倍以上ですから、この支出を抑えれば当面のやりくりも可能かと思います」

「……なるほど、それは良い考えですね」

言葉とは裏腹に、男がこの計画に気乗りしていないことが伝わってくる。

その証拠にそれきりノーランはふっつりと口を閉ざし、沈黙を決め込んでしまっていた。

執事から提案されたとき、リリィローズはとてもいいアイディアだと思ったが、なにかこの計画に問題でもあるのだろうか。

気になって意見を求めようとすると、それより早くノーランが立ち上がった。

「申し訳ありません。そろそろ商談の時間なので私はこれで失礼します」

なぜか目を合わさないまま、彼はさっさと背を向けてしまう。

「あ、あの、お待ちください、ノーランさん」

彼らしくない素っ気ない態度に思わず呼び止めると、彼はドアの把手《とって》に手をかけたまま優雅に振り返った。

その顔に見慣れたやさしい微笑みが浮かぶのを見て、リリィローズは安堵《あんど》して言いそびれていたことを伝えた。

「あの、先ほどの話にはまだ続きがあるのです」

「どういったことでしょう？」

「急な話で申し訳ないのですが、これから段階的に使用人の数を減らしていくことにしました。二週間後にはレイナルドひとりが残る予定です」

ノーランが執事を見やると、彼は淡々とゲストに告げた。

「そういった事情で、今後はノーラン様のお世話をする者がいなくなってしまいます。ご不便をかけるわけにも参りませんので、よろしければ二週間を目処《めど》にどちらかへ移られたほうがよいかと思います」

話を聞き終えたノーランは返事の代わりに口もとの笑みを深め、黙って頷くと、そのまま商談に出かけてしまった。

「なんだか追い出すようで申し訳ないわ」

リリィローズが気にかけていると、執事は晴れ晴れとした声で主を慰《なぐさ》める。

「ずっと滞在していただくわけにも参りませんから、ちょうどいい機会だと思います。それに二週間もあれば不要品売却の件も片付いていることでしょう。これで問題は解決です」

近いうちにノーランが屋敷を出るとわかったからか、どことなく執事の頬がゆるんでいるように見える。最初から彼はノーランに対して懐疑的なところがあったので、これも当然の反応なのかもしれない。

それからの二週間は目まぐるしく過ぎていった。

執事はノーランが連れてきた商人と屋根裏に上がり、売却品の目録を作成しつつ荷物を秘密裏に運び出させた。

これまでは郊外に建つ別邸を不便に思うこともあったが、人目を忍んで動くには願ってもない立地だ。

そうして執事とノーランが商人の相手をしているあいだ、リリィローズは屋敷の女主人として一階の居間に使用人たちを集め、ねぎらいの言葉をかけていた。

「みんなには最後まで残ってもらって感謝しているわ。詳しい事情は話せないけれど、わたしとお父様が戻るまで領地で待機していてちょうだい」

　別れの寂しさを押し隠し、リリィローズが淡々と告げると、残った使用人を代表するようにアンが答えた。

「わかりました。私たちは日暮れに乗じて、領地に馬車で戻ればいいのですね？」

「ええ、こんなことになってごめんなさい」

　全員の視線がリリィローズに注がれる。誰もみな、ここに残りたいという強い思いが宿っていてリリィローズは思わず目蓋《まぶた》を伏せた。

　ここにいる者たちとは、生まれたときからずっと共に暮らしてきたのだ。どうしたって別離の寂しさと心細さは拭《ぬぐ》いようもない。

　そんなリリィローズの心中を察してか、アンがやけに明るい声で場を仕切った。

「このところ、お嬢様が塞ぎがちなことはみんな気づいておりました。だから、お嬢様のお世話をするときは明るく振る舞おうと心がけていたのです」

「アン……」

　最近の侍女たちの賑やかさの訳を知り、リリィローズの胸に熱いものが込み上げる。

「お立場上、お嬢様が私たちに弱音を吐けないのは重々承知しています。ですが、私たちにできることがあればなんでもお申し付けください」

　その言葉に同調するように、ほかの使用人たちが口々に叫んだ。

「わしらは旦那様やお嬢様に本当によくしてもらっております！　ラッセル家にお仕えで

きることはわしらの誇りなんです！」

御者と厩舎番《きゅうしゃ》を務める男は、感極まったように被っていた帽子を脱ぐと、胸にぎゅっと抱え涙を零した。

「あたしがいなきゃ、誰がお嬢様の料理を作るんですか？」

料理番の女は、紅潮した頬をりんごを磨くようにエプロンで何度もこする。

リリィローズはもらい泣きしそうになりながらも何とか感情を抑えた。

「ありがとう、みんな……」

すでに使用人たちも薄々事情を察しているのかもしれない。

けれどだからこそ、これ以上余計な心配をかけるわけにはいかなかった。それがラッセル伯爵の教えであり、リリィローズが気丈にしていられる理由でもある。

リリィローズはわずかに胸を張ると、使用人ひとりひとりの顔を見渡しながら静かに告げた。

「みんなは先に戻って、わたしとお父様が領地に戻ったときのため備えておいてちょうだい。早ければ明日、遅くても二か月ちょっとでまた会えるのだから」

「ですが、お嬢様……っ」

なにか言いかけたアンが喘《あえ》ぐように言葉を切る。

「……かしこまりました。領地でお嬢様のお戻りをお待ちしております」

アンが泣きだすと、部屋付きのメイドたちも目頭を押さえて身を寄せ合った。

まるで永遠の別れのようだ。

ほかの使用人たちも鼻を鳴らし始めると、室内に湿っぽい空気が充満してリリィローズの胸を苦しくさせた。

「く、詳しいことはレイナルドに聞いてちょうだい」

別れの辛さに耐《た》えかねて、リリィローズはたまらず部屋から逃げ出した。

後ろ手にドアを閉じてドアに背中を預けると、中からすすり泣く声が漏れてくる。

自分がもっとしっかりしていれば、彼らを悲しませることもなかったに違いない。もっと父のように頼られる主でありたい。

リリィローズがそんな思いを噛みしめていると、

「解雇の話をされたのですか？」

突然の声に顔を向けると、逆光の中にノーランがいた。窓辺に立つ彼の体は輪郭以外が暗く翳《かげ》り、どんな表情をしているのか見てとることができない。

リリィローズは落ち込んだ姿を見られた気まずさを隠すように、わざと冗談めいた言い方をした。

「みんな大げさなんです。みっともないところをお見せしてごめんなさい」

「……みっともないということはないでしょう」

なぜだかノーランの声がよそよそしい。

彼もこんなところに遭遇して、どう反応していいのかわからないのだろう。

「行きましょう、ノーランさん」

リリィローズはとっさにノーランの腕を掴むと、急いでその場から離れようと廊下を歩きだした。

しかし居間から続く食堂を出て、エントランスに来たところでノーランの足が止まる。

「どうかしましたか？」

「君って意外と大胆なんですね」

ふっと笑い、ノーランは自分の腕に触れたままのリリィローズの手に視線を落とす。

あの場から離れたい一心で無意識に取った行動なだけに、リリィローズは顔を真っ赤に染めると、急いで掴む手を離した。

「ご、ごめんなさい。不躾《ぶしつけ》なまねをして」

「そんなふうに謝らないでください」

ノーランから突然、甘《あま》やかな雰囲気が溢れてくる。

「君に触れられて、とてもうれしかったのに」

「え？」

「できればもっと君を知りたい。そう願うのは私のわがままかな」

意味ありげな眼差しに、鼓動が大きく跳ね上がる。

いきなりどうしたのだろうか。

社交の場で、リリィローズを淑女のひとりとして扱う紳士は大勢いたが、ノーランのようにひとりの女性として興味を持たれたのは生まれて初めての経験だ。

前にも告白めいたことを言われたが、こうやって改めて好意を伝えられると、全身をくすぐられているような不思議な気分に囚われてしまう。

どう反応していいかわからず、リリィローズはとっさに話題を逸らした。

「そ、そういえばこのところお仕事がお忙しかったようですね」

ノーランは朝早くに出かけ、夜も更けてから屋敷に戻っているようで、この二週間、話をするどころかろくに顔を合わす機会さえほとんどなかった。

「新しい宿はもうお決まりですか？」

今夜からこの屋敷にはリリィローズと執事のふたりだけになってしまう。

事前にノーランに伝えてはいたが、こちらの都合で追い出す形になってしまうのだ。新しい身の寄せ先が決まったかどうか心配になる。

けれどノーランはリリィローズの質問には答えないまま、にっこり微笑むと奇妙な頼み事をしてきた。

「よろしければ、屋敷の中を案内していただけませんか？」

「案内？」

出て行く前に中を見ておきたいのだろうか。

不思議に思いつつも、これまで親切にしてくれた男の頼みにリリィローズは快く案内役を引き受けることにした。

「どこから案内しましょう？」

「そうですね。一階は普段から利用しているので、屋根裏から順に見てみたいですね」

「わかりました」

執事は用事で出かけたとノーランから言付《ことづ》かったので、リリィローズは一足先にノーランだけを四階にあたる屋根裏へと向かわせ、急いで鍵束を取りに行った。

このところ商人など外部からの出入りが多かったので、ノーランの部屋を除く二階と三階は執事がつねに鍵をかけて回っていたのだ。

もちろんリリィローズは自分の部屋の鍵を持たされていたが、それ以外の鍵の管理は執事がしていた。あとでこっそり戻しておけば問題ないだろう。

リリィローズは鍵束を持って屋根裏に上がると、さっそくノーランに内部を見せた。

「見事に空っぽですね」

がらんとした物置に、天窓から射し込む光で埃《ほこり》が筋状に舞っているのが見える。

荷物を運び出してからはリリィローズも初めて足を踏み入れたので、意外と部屋が広かったことに驚かされた。

ノーランは壁に沿うようにして室内を見渡すと、すぐに次の案内を頼んできた。

「次は三階ですね」

屋根裏を出るとふたりで階段を下りていく。

「この階は私室になるので、中をお見せすることはできないのですが……」

遠慮がちに伝えると、ノーランは廊下で立ち止まってざっと視線を走らせた。

「南側が君の部屋で、反対側にご両親の寝室があるんですね」

「ええ、どうしておわかりに？」

「なんとなく、勘ですよ」

悪戯っぽく微笑んで、ノーランはさっさと階段をくだり始める。

慌ててあとを追いながら、リリィローズは揺れる背中に向けて説明を加えた。

「ノーランさんが使っている客間以外は、お父様の書斎と応接室があります」

穏やかな雰囲気とは裏腹に、彼は意外とせっかちな性格をしているらしい。

片っ端からドアを開けほかの客室を次々に見てまわると、応接室に入り、なぜか書斎だけは念入りに時折手で触れながら時間をかけて眺めていた。

あまりに真剣な表情をしているのでリリィローズが不思議そうにしていると、その視線に気づいたノーランが気まずげに苦笑を漏らす。

「あまりに素晴らしい書斎なのでつい見入ってしまいました。いつか自分の書斎を持つときの参考にしたいと思いまして」

そう言いながら彼はアンティークの書斎机の前に立つと、わざわざしゃがみ込んで側面に刻まれた薔薇の彫刻を指でなぞり始めた。

「とても見事な机ですね。趣《おもむき》があって、優美なデザインだ」

それこそがローズハウスの由縁だ。室内に過不足なく施された薔薇の装飾は、それを見つけたものにささやかな発見の喜びを与えてくれる。幼い頃、宝探しのように見てまわったことをリリィローズもおぼろげながら覚えていた。

「ここにある家具は前の持ち主から譲り受けたものだそうです。父もとても気に入っていました」

「前の持ち主？」

「ええ、じつは母には幼い頃から決められた婚約者がいたのですが、その相手が亡くなってしまい婚約者のご両親からこの屋敷を譲り受けたのだそうです。その、なんというか迷惑料として」

「迷惑料？　つまり慰謝料代わりということですか？」

「はい。詳しいことはわかりませんが、婚約者の都合で結婚が先延ばしになったあげく、その方が亡くなられたことで必然的に破談になってしまったのです。そこで母はこの屋敷を譲り受け、そのあと父のもとへ嫁いだのです」

「それは……不思議な因縁《いんねん》ですね……」

運命ではなく、あえて因縁という言葉を選んだノーランにほんの少しひっかかりを覚えた。リリィローズの両親のことではなく、まるで自分の定めを揶揄するように聞こえたからだ。

いまもノーランはなにか考え込むようにして薔薇の彫刻をじっと見つめている。

リリィローズは場の雰囲気を変えようと、書斎机から見える天井近くの窓ガラスを指さした。

「見てください、あの窓ガラスの上。明かりとりの部分にも薔薇のステンドグラスが使われているんですよ」

「ああ、本当だ」

ノーランは窓辺に近づくと、じっと中庭を見下ろした。

「そこから見える中庭は薔薇園になっているんです。よろしければ、お庭もご案内しましょうか？」

問いかけても返事がない。なにかに気を取られているのか、ノーランは窓の外を見たまま微動だにしなかった。

「ノーランさん？」

「え、ああ、すみません。ちょっと考え事をしていたものですから」

ノーランは窓辺から離れると、ようやくリリィローズに振り返った。

「中庭を案内していただくのはまたの機会にします。それより、私はこれから外出してきます」

「え、でも、今夜からは使用人が誰もい」

バタン。よほど急いでいたのか、話の途中でドアが閉まる。

そのままノーランは、夜になっても戻ってこなかった。

リリィローズは執事と一緒にアンや最後の使用人たちを見送ると、ひとりで夜着に着替え早々とベッドに入ることにした。

ノーランはいつ荷物を取りに戻るのだろう。

そんなことを考えながら横になるうちに、リリィローズはいつしか深い眠りへと落ちていった。


『リリィローズ』

――ああ、またあの夢だ。

どこか醒《さ》めた頭で、リリィローズは繰り返し見る夢の中にいた。

『私はダイヤモンド鉱山の視察に出かけることに決めたよ』

夜遅くラッセル伯爵は、領地にある本邸の書斎へ愛娘《まなむすめ》を呼び出した。

まるで狩猟にでも出かけるような気安い口調に、リリィローズは眉をひそめる。

『待って、お父様。いま、視察に出かけるとおっしゃったの？』

『ああ、そうだよ』

『だけど、発見されたダイヤモンド鉱山は新大陸にあるのでしょう？　そんな遠くまで旅に出るの？』

『ああ、そうだよ。報告を聞くうちに、どうしてもこの目でダイヤモンド鉱山を見ておきたくなったのだよ』

ラッセル伯爵の瞳は少年のように輝いていた。

『どうしても行くとおっしゃるの？』

娘の瞳の奥に不安の色を見つけると、ラッセル伯爵はその小さな肩に両手を置いて、力強く頷いてみせる。

『大丈夫、心配ないよ。私が視察に出かけたら、お前はローウッドの屋敷に移って社交シーズンを楽しみながら私の帰りを待っておいで。いずれお前も花嫁になる日がくる。そのときは誰もが驚くような特大のダイヤモンドを身につけさせてあげるよ』

『いいえ、そんなもの欲しくなんかないわ。わたしにはお父様がいればいい』

ラッセル伯爵は娘の体を抱き寄せると、背中に流れる艶やかな蜜色のひと房に指を絡めて囁いた。

『私が不在のあいだ、お前がラッセル家の女主人だ。屋敷や使用人たちのことを頼んだよ』

『そんな、無理よ。わたしにはできないわ』

『そんなことはない。お前がいるから、私は安心して視察に出かけられるのだよ』

いつも娘のことを優先にするラッセル伯爵にしてはめずらしく意志が固い。

『それに、かつて私は取り返しのつかないことをしてしまった。その罪滅ぼしのためにもこの投資を成功させて、ある人に報いてあげたいんだよ』

ひどく憔悴した様子の父に、リリィローズは問いかけることしかできない。

『いったいなにがあったの？』

ラッセル伯爵は弱々しく微笑んだ。

『いまはまだ話せない。けれどこの旅で私の罪を贖《あがな》わせておくれ。お前ならきっとわかってくれるはずだ』

『……わかったわ、お父様』

父親から全幅の信頼を寄せられては、これ以上反対することはできない。

心優しい父がこれほど後悔していることなら、よっぽどのことなのだろう。もっと詳しく聞きたいが、時がくればちゃんと話してくれるはず。

リリィローズは父の懐から顔を上げると、決意をしっかり口にする。

『ローズハウスでお父様のお帰りをお待ちしています』

『ありがとう、リリィローズ』

ラッセル伯爵は満足げに微笑むと、リリィローズの頭を撫でた。

『さあ、部屋に戻って休みなさい。もうすぐ視察の件で来客がある』

——いいえ、だめよ。ここでお父様を止めなければ！

必死で訴えるのに、夢の中のリリィローズはラッセル伯爵に見送られるようにして書斎から出て行こうとする。

そんなリリィローズと入れ替わるようにして、探検帽を目深にかぶった口髭《くちひげ》の男とすれ違った。この口髭の男がラッセル伯爵に投資話を持ちかけてきたのだ。

リリィローズが挨拶しようと振り返った瞬間、書斎から大量の水がどっと押し寄せる。真水ではない。口に入り込んだ塩気に驚いている間に、気づけばリリィローズは大海原《おおうなばら》に漂っていた。

海水をたっぷり含んだドレスは重石《おもし》となって、徐々に海の底へと引きずり込もうとする。

『お父様！』

手足をばたつかせながら、なんとか水面へ顔を出そうとしていると、少し先の波間にラッセル伯爵が漂っているのが見えた。

『ここよ、お父様！』

そばへ近づこうともがけばもがくほど、父との距離は遠のき海の底へと体が沈んでいく。

――ああ、こんなことになるのなら、あのときもっと真剣にお父様のことを引き止めておけば良かった。わがままな娘だと思われても、泣いてすがりついてさえいれば。

後悔とともに海水がどんどん口の中へと流れ込み、喉を熱く焼いた。

「お父様……！」

あまりの苦しさに目が覚める。リリィローズはベッドの上に仰向けになっていた。

「またあの夢を見たんだわ……」

鼓動が高まって、喉がひりつくほどに渇いていた。

「水を……」

サイドテーブルの上に水差しを探したが、こんなときに限って用意がない。仕方なくメイドを呼ぼうとタッセルに手を伸ばしかけて我に返る。

今夜からこの屋敷には執事しかいないのだ。

リリィローズは夜着の上にガウンを羽織ると、食堂まで下りていくことにした。

廊下には洋燈《らんぷ》が灯されているので移動するぶんには問題はない。

けれどローウッドの気候は夏でも朝晩の冷え込みがきついため、暖炉のない廊下は身震いするほど寒かった。

リリィローズは肌を粟立《あわだ》たせながら、胸もとが開いた夜着の前をガウンで包むようにして、食堂に置かれた水差しでようやく喉を潤《うるお》す。

人心地《ひとごこち》ついて部屋に戻ろうとすると、エントランスの方からかすかな物音が響いてきた。

「なにかしら？」

音をたどって恐る恐る玄関ドアへ近づくと、なにやら男女の忍び笑いが聞こえてくる。

「本当にそんなもので鍵が開くの？」

「ああ。この程度の鍵なら問題ない」

やがて、鍵穴からカチャカチャと小さな金属音が響いたかと思うと、いきなりドアが開いた。

現れたのは、リリィローズのよく見知った男だった。

「ノ、ノーランさん？　こんなところでなにをなさっているのですか？　それにどうしてドアが開いて……」

見咎めるリリィローズを前にしても、ノーランは慌てる様子もなく、手に持っていたヘアピンのような金属をクラヴァットに隠し入れ、微笑んでみせた。

「君たちを起こしては申し訳ないと思ってね」

人を食ったような笑顔でウインクされ、リリィローズは正面の男をまじまじと見つめた。

目の前にいるのはたしかにノーランだが、その表情や佇まいにはどこか違和感を覚える。それにどうすれば鍵のかかったドアを開けることができるのだろう。

「ねえ、あたしはどうすりゃいいのさ？」

ノーランにばかり気を取られていると、玄関の外から安物の香水とアルコールの匂いを染み込ませた濃い化粧の女が現れた。

女はちらっとリリィローズに目をやって、すぐにノーランの体に身をすり寄せる。どう見ても淑女の振る舞いではない。

「お酒を飲んでいらしたのですか？」

ふたりから漂うアルコール臭にリリィローズは思わず顔をしかめる。

「軽く引っかけただけだよ」

「ふふ、この人ったら本当にすごいの、まるで底なしよ。ちっとも顔色を変えないんだから」

たしかにノーランの足はふらついてもいないし、顔色に変わりはない。

「酒場でちょっとしたトラブルに巻き込まれてね。男の投げた酒瓶を避《よ》けたはいいが、頭から嫌と言うほど浴びたんだ」

「そうそう。路地裏にあたしを引きずり込んで、タダ乗りしようとした男ふたりをこの人がやっつけてくれたのさ」

品のないドレスの胸もとを揺らしながら、女が自慢げに胸を反らす。

「タダ乗り？」

意味を摑みそこねていると、女はリリィローズを無視してノーランに熱い視線を送った。

「ねえ、ほんとにいいのかい？　あんたがお望みなら、今夜のお礼にタダで泊まっていったっていいんだよ」

淫らな手つきで女がノーランのベストの隙間を探る。けれどノーランは嫌がるでも困るでもなく、平然とされるがままになっていた。

いまにも挨拶以上のキスを始めそうなふたりの様子にリリィローズはさっと頬を赤らめる。

「こ、この方はノーランさんの婚約者なのですか？」

だとしても人前で男女が身を寄せるのは避けるべきだ。貴族社会では、夫婦といえど寝室を別にするのが慣わしで、彼らの振る舞いはあきらかに度を越している。

「ふ、ははは！」

なにがおかしいのか、ノーランは突然、腹を抱えて笑いだした。

「あの？」

リリィローズが当惑していると、女の呆れた視線にぶつかった。

「あんた、冗談言ってんの？　それとも嫌みのつもりかい？」

「……？」

それでもわからないリリィローズは首を傾げるばかりだ。

「見りゃわかるだろ。あたしは酒場で金もらって、男を楽しませてやるのが仕事なのさ」

「楽しませる？　歌か踊りでもなさるんですか？」

一向に話の通じない相手を前にして女は鼻白《はなじろ》み、ため息をついた。

「あんたニブい女だねえ。楽しませると言ったらベッドの相手に決まってるだろ」

「……っ」

そこまであけすけに言われては、さすがにリリィローズも事態を把握する。

つまりノーランは街娼《がいしょう》を拾って連れてきたということだ。

「そ、そ、そんな方をこの屋敷に入れるわけにはいきません。どうかお引き取りくださ
い！」

「ふん、なにさ。金持ちの娘かなにか知らないけど、お高く止まって感じが悪いねえ。ど
うせあんただって男の上で腰くらい振ってんだろ」

「な……っ」

いままで聞いたこともない破廉恥《はれんち》な言葉に絶句していると、ノーランはポケットから銀貨を数枚取り出して女の手に握らせた。

「これで待たせている辻馬車に支払いをしてくれ。残った金は全部君のものだよ」

「まだなんのサービスもしてないのに、こんなにもらっていいのかい？」

「もちろん」

「だったら、酒場に来たら声をかけておくれよ。そのときはたっぷり天国を味わわせてあげるからさ」

「ああ、わかった。そのときはよろしく頼むよ」

女はノーランの頬にキスをすると、流し目を残して外へと出ていく。

「……一番見られたくない相手に見つかってしまったな」

男は苦笑しながら自分で開けたドアを閉め、鍵をかける。

「ノーランさん……？」

リリィローズが知るノーランは、いつも温和で笑顔の素敵な紳士だった。

ところが目の前にいる男は平然と街娼を連れ帰り、温厚というより飄々とした態度でリリィローズに接してくる。

戸惑いのうちに馬車の音が遠ざかると、ノーランはリリィローズに向き直りにっこりと笑った。

「さてと、リリィローズ。俺に謝罪と説明をしてくれないかな」

「俺？」

わずかに口調の変わったノーランに違和感を覚えつつも、リリィローズは屋敷の女主人として毅然と言葉を返す。

「なぜわたしがノーランさんに謝罪をしなければならないの？　それに、謝るのはこんな時間に騒ぎを起こした貴方のほうじゃなくて？」

するとノーランは片側の口角だけを引き上げて、傲慢ともとれる態度で言ってのけた。

「俺に謝って欲しいなら、まずは君からだ」

「わたしは悪いことなどしていないわ」

「そうかな？　俺を助けるために辻馬車を拾ってここまで連れてきてくれた彼女を、君は追い返そうとしたんだ。相手が街娼という理由だけでね」

「それは、事情を知らなくて……」

思わず謝りかけて、慌てて言い直す。

「いいえ、待って。わたしとここで会わなければ、貴方は彼女を連れて部屋にあがるつもりだったのでしょう？　断っておくけど、この屋敷を売春宿にするつもりはないわ」

「ふうん、あくまで謝らないつもりか」

男の目が細められ、冷淡に口もとを綻ばせた。

「ええ、そうよ」

強気で返しながらも、ノーランに歩を詰められてじりじりと後退る。

「それに前からよそへ移るよう言っておいたはずよ。不満があるなら出て行くといいわ」

「自分に言い寄っていた男が街娼を連れ帰ったからって、そんなに目くじら立てなくてもいいだろう」

からかうような口調にリリィローズは憤慨《ふんがい》した。

「そんなんじゃないわ」

これまで好感を持っていただけに、軽薄さの目立ついまのノーランには幻滅してしまう。

「じゃあ、聞くけど……」

ノーランは試すような口調でまた一歩リリィローズに近づいた。

「もしも俺が連れ帰った相手がどこかの令嬢だったら？　それでも君は相手を追い出そうとしたのかな？」

「それは……」

行き場を失ったリリィローズの背中がどんっと壁に突き当たる。

方向転換しようと体を捻《ひね》ると、その先にノーランの腕が突き出され、完全に動きを封じられてしまった。

「答えがまだだよ」

ほくそ笑むノーランを見て、リリィローズは反射的に睨んだ。

「もちろんふたりとも追い出すに決まっているわ」

「ふうん……」

すっかり雰囲気を一変した男は、その唇に意地の悪い笑みを刻むと、すっと目を細めた。

その眼差しは、ねずみを前にした猫のように鋭く光っている。

「つまり君からすれば、貴族のご令嬢も娼婦も同じということだ」

なにがいいたいのだろう。

彼の口もとにはやさしげな笑みが湛えられているが、決して安心することはできない。

なぜなら瞳の奥には、目の前の獲物を嬲《なぶ》ろうとする気配が漂っていたからだ。

「それなら代わりに、君に相手をしてもらおうかな」

「……え？　な、なにを……」

反論しようとする前に、背中にあった壁が消えた。

「あっ」

これまで壁だと思っていたのは食堂のドアで男はダンスのステップでも踏むかのように、
リリィローズを軽やかに中へ導くと、そのまま食卓の上に押し倒してしまう。

「さあ、ふたりで楽しもう」

息をつく間もなく、ノーランに唇を塞がれる。

「ん、んっ」

男のキスは略奪に近かった。相手の意志などお構いなしに、肉厚な舌で口腔の奥へと押し入ってきて戸惑う舌を搦《から》め捕ってしまう。

「ふ、ぅ……」

巧《たく》みな舌は嵐のようにリリィローズを翻弄《ほんろう》する。

「……んぅ……」

重なる唇の息苦しさに思わず喘ぐと、さらに上顎《うわあご》をぬるりとなぞられて、うまく息継ぎすることができない。リリィローズが喘げば喘ぐほど男の舌はねっとりと絡みつき、どこまでも追いかけてくる。

「ど、どうして……こんな……」

苦しい息のなか混乱する頭で問いかけると、ようやく侵略をやめたノーランが疑惑の眼差しを寄こしてきた。

「俺にこの屋敷を売春宿に使うなと言っておきながら、君こそこんな時間までなにをしていたのかな」

「なにって、わたしはただ水を……」

「嘘が下手だな、リリィローズ」

小馬鹿にしたようにノーランが笑う。

その手はリリィローズの顎を持ち上げると、白い喉を反らさせた。

「使用人がいなくなった屋敷に若い執事とふたりきり。おまけに夜着姿でこんなところをうろついて、いまから彼の部屋を訪れようとしていたんじゃないのか？　それともお楽しみのあとなのか？」

「失礼なこと言わないで！　わたしとレイはそんな関係じゃないわ！」

「レイ、ね」

男の顔に失笑が浮かぶ。

「否定するわりにずいぶんと親しげに呼んでいるじゃないか」

「これは、わたしとレイが……」

否定しかけて、途中で馬鹿らしくなってしまう。

どうしてこんな無礼な男に言い訳じみた説明をしなければならないのだろう。だいたい本物の紳士であれば淑女相手にこんなまねをするはずがない。

「貴方は紳士なんかじゃないわ」

リリィローズは裏切られた思いで、押し倒す男の顔を睨みあげた。

「これまでの貴方といまの貴方。どちらが本当の姿なのかわからないけれど、親切にしていただいたことには感謝しています。でもこれ以上、貴方のことを嫌いになる前に、この屋敷から出て行ってちょうだい」

「……君って面白いな、リリィローズ」

暗闇の中、窓から射し込む月明かりにノーランの瞳が愉《たの》しげに青光る。

それは息を呑むほど美しく、ぞっとするほど冷ややかだった。

「メアリーに突き落とされたときは一言も言い返せない弱気な令嬢だと思っていたけど、どうやらそれは思い違いだったみたいだな。君は意外と気が強い。いや、たんに強がりなだけか。虚勢を張っても指が震えているぞ」

目敏《めざと》く見つけられ鼻で笑われると、屈辱のあまり全身がかっと熱くなる。

「退《ど》いてちょうだい、ノーラン・シトロエン。貴方のことをいままで本物の紳士だと信用していたのが間違いだったわ」

「ああ、そうだね。君がこのまま俺の言いなりになるような愚鈍《ぐどん》な令嬢だったら、俺も紳士の仮面を外さずに済んだのにな」

男は自嘲《じちょう》ぎみに笑うと、リリィローズの両手を片手でひとまとめにして、テーブルの上にねじ伏せた。

「な、なんのまね？」

「俺はね、君に少し腹が立っているんだよ、リリィローズ」

「どういうこと？」

「貴族としての体面《たいめん》を保つためなら、使用人は犠牲にしても構わないのか？　解雇された人間はどうなる？」

「それは……」

悔しいけれど、そのことに関しては反論できない。屋敷と使用人を天秤にかけ、リリィローズが屋敷を守ることを選んだ事実は曲げようがない。

だからこそこの屋敷を去るよう使用人たちに告げるとき、リリィローズはあえて執事任せにせず、みずから責任を果たしたのだ。突然の解雇を告げたときの彼らの反応や言葉を思い出すと、いまだにこれで良かったのかどうか自問し続けている。

「ふうん、少しは良心の呵責《かしゃく》を感じているみたいだな」

ノーランはそう呟くなり、夜着の上からリリィローズの胸に触れた。

「や……っ」

「主に命じられれば、使用人は従うしかない。貴族の思いつきひとつで、労働者階級の人間は人生まで変えられてしまう。君はそういうことまで考えたことはあるのか？」

男の声は問うというより、リリィローズを静かに責めたてているようだ。

リリィローズが逃れようと体を揺らすと、男の拘束はゆるむどころかますますきつくなって柔肉に指が食い込んでくる。

「いや、やめて……っ」

喉笛《のどぶえ》を狙う捕食者の獰猛《どうもう》さでノーランの唇が首筋を狙う。

吸いつくような唇の刺激はリリィローズの焦燥《しょうそう》を煽り、夜着ごと胸を揉《も》みしだく手のひらの感触は、不快感だけを与え続けている。

「放して……っ」

リリィローズは長いこと抵抗を続けたが、どんなに暴れても男の力に敵うはずもない。

「は、ぁ……っ……やぁ……」

時間の経過とともに呼吸と鼓動ばかりが激しくなり体力がどんどん消耗されていく。

「も、いや……はな……し……」

もともと喉が渇いていたせいか、掠れた声しか出てこない。リリィローズが思わず呟き込むと、からかいを含んだ艶やかな声が吐息とともに耳に吹き込まれた。

「抵抗はもう終わり？　大人しくしていれば気持ち良いことだけしてあげるよ」

ぞわりと、言いようのない感覚が耳から背筋へと駆け抜ける。

ノーランはリリィローズの夜着を肩の下まで押し下げると、まろびでた白いふくらみにじかに手で触れてきた。

「あ……っ」

男の指は寒さと恐怖でわずかに尖《とが》っていた肉粒を的確に探り当て、その腹で捏《こ》ねくり始める。

「ひ、ぁ……っ」

「ずいぶん反応が良いね。ここが感じるのかな？」

「ちが……っ」

リリィローズの狼狽《ろうばい》を楽しむように、男の指は強弱をつけて凝《しこ》る乳首を執拗《しつよう》に苛《さいな》む。

「ん……」

冷え切った肌に、男の手が熱と刺激を与えていく。ノーランの指で育てられた蕾はいまではつんと上を向き、男の戯れの相手をさせられていた。

どうしてこんなことを……。

屈辱に耐える唇に男の唇が重なると、アルコールの匂いが鼻先に強く香って、鼻腔の奥を侵食される。

慣れない酒に頭をくらくらさせていると、男の舌が渇いた喉を癒やすように、リリィローズの口腔を舌ごと舐《ねぶ》り濡らしてきた。

「俺のことが好きか？」

澄ました顔で問われても、答えはひとつに決まっている。

「馬鹿なこと言わないで、こんなことをされて好きになるはずないわ」

「そう、だったら遠慮はいらないな」

男はくすりと笑い、尖りきった粒をきゅっとつまむ。

「もっと嫌いになれるよう協力してあげるよ」

「う、ぁ……っ」

何倍も強い刺激に襲われて、思わず背中を仰け反らせると、ノーランの手が柔肌の感触を楽しむように肉の形を自在に変え、リリィローズの顔を覗き込んできた。

「君にも秘密の恋人がいるんだろ？　その男とどれだけ違うか、ここで試させてやろう」

夜着の裾《すそ》を捲《まく》られて、白い太腿《ふともも》が露《あら》わにされる。

「や……ぁ」

身の危険から泣きだしそうになったとき、開け放たれたままのドアに小さな灯りが反射した。

「誰かそこにいるのですか？」

どうやら騒ぎを聞きつけた執事が、地階の部屋から様子を見にきたらしい。

その隙に男の体を押し退けると、リリィローズは急いでガウンの前を合わせ食堂を飛び出した。

「お嬢様?」

背中越しに声をかけられたが、リリィローズは立ち止まらずに階段を駆け上がると、自室へ入るなり突っ伏すようにベッドの上に身を投げ出した。

「悔しい……」

すぐにでも忘れてしまいたいのに、ノーランに触れられたときの感触が、体のあちこちに鮮明な記憶としてまだ残っている。

たとえ酒に酔った勢いだとしても、あんなふうに無理やり唇を奪って押し倒すなどありえない。あんな野蛮な男をいままで信用していたのかと思うと自分の見る目のなさが悔しくなってくる。

明日必ず、ノーランを屋敷から追い出してみせるわ。

リリィローズは唇を噛んで涙をこらえると、心にそう固く誓っていた。

3章　寄生

翌日、リリィローズは寝不足のまま食堂に顔を出した。

そこに一歩足を踏み入れただけで、昨夜ノーランから受けた恥知らずな行為を思い出して新たな恥辱《ちじょく》と怒りが胸に込み上げてくる。

これまで銀行や売却の件ではいろいろと世話になってきたが、その善意に対しては部屋を提供することできちんと恩返しをしてきたつもりだ。昨夜のような蛮行《ばんこう》はとても許せることではない。

彼から受けた行為はあまりに衝撃的で、一夜明けてもまだ信じられない思いでいっぱいだった。ただ悪夢を見ただけだと思いたいところだが、リリィローズの肌や唇は、男から受けた不埒《ふらち》な感触をしっかり覚えてしまっている。

まれに、お酒が入ると人格が変わったり、暴れだしたりする人もいると聞く。もしかしたらノーランもそういった心の問題を抱えているのかもしれない。

男が豹変した理由をそう仮定したリリィローズは、なるべく穏便に対処しようと、いつもより早くベッドから起きだして食堂に足を運んだのだ。

　ところが食卓にはすでにノーランがいて、あろうことか主の席にのうのうと座りながら新聞を広げている。

「おはよう、リリィローズ。昨夜はよく眠れたかな」

　ノーランはにこやかに挨拶してきたが、もうこの笑顔には騙《だま》されない。見かけの柔和さと逆《さか》しまに、この男は野蛮で恥知らずな性質を持っているかもしれないのだ。

「さすがに今朝はお酒の臭いがしないのね」

　リリィローズは顔をつんと背けると、警戒するようにノーランから距離をとって対峙する。これから彼に屋敷を出るよう宣告するのだから、あえて友好的な態度を示す必要はない。

　そんなリリィローズの強硬な態度を見たノーランは、広げていた新聞をたたむと大げさにため息をついた。

「朝の挨拶もしてくれないなんて、どうやら君に本当に嫌われてしまったみたいだね」

　残念がる素振りをしても、悪びれる様子はない。彼には現状を楽しむ余裕さえある。

「主の席を横取りするゲストなんて聞いたことがないわ。そんな失礼な方にどう接しろというの？」

「ああ、この席ね……」

整った顔に鮮《あざ》やかな笑みが浮かぶ。さっきから不遜《ふそん》な態度ばかり取っているのに、嫌みに見えないところがまた嫌みだ。

これまで好感を持っていただけに、一度嫌な面が見えてしまうと、坂道を転がるように信頼度は地に落ち嫌悪感しか湧いてこない。男のやることなすことが癇《かん》に障って目くじらを立ててしまう。

そんなリリィローズの心境の変化を知ってか知らずか、ノーランは真昼の猫のようにふてぶてしく目を細めて言い放つ。

「そんなにこの場所に座りたいのなら俺の膝を貸してあげようか？　ここに跨《また》がりたがる令嬢は君が思う以上に大勢いるからね」

「そんな人たちと一緒にしないで！　わたしは絶対にお断りよ！」

下品な冗談にかっとなると、ノーランがぷっと噴き出す。

その様子を見て、リリィローズは考えを改めた。

昨夜の蛮行は酒のせいではない。ノーランはこれっぽっちも反省していないし、それどころかリリィローズに謝罪する気もないのだ。

こんな男に舞踏会の夜に一瞬でも見惚れ、手の甲にキスをされて胸を騒がせたのかと思うと、過去の自分を叱りつけてやりたかった。

けれど、かえって良かったのかもしれない。これでノーランを追い出すことに、良心の呵責もなんの躊躇も覚えずに済むのだから。

そう気を取り直すと、リリィローズは男になるべく威厳を感じさせるように高圧的な態度を取ってみせた。

「ノーラン・シトロエン、貴方にお話があります」

「なにかな、リリィローズ」

ノーランは目もとを愉楽にゆるませながら両手を組むと、その上に形の良い顎をのせて次の言葉を大人しく待っている。

「貴方が紳士でないとわかった以上、これ以上この屋敷にお泊めするわけにはいきません。いますぐ荷物をまとめて出て行ってちょうだい」

ひと息に告げて、ほっと息をつく。これで男は屋敷から出て行くだろう。

ところがノーランは予想外の行動に出た。

「それは承知できないな」

すぐさま異議を唱えると、どっかりと椅子に背をもたれ足を組む。

リリィローズは慌てた。

「承知するしないの問題じゃないの。わたしはこの屋敷から出て行くよう言っているのよ」

「たしかにローズハウスの主人は君だ。でも、忘れてもらっちゃ困るな。俺にも屋敷の権利書があるんだ」

「……っ」

まさかここで権利うんぬんを持ち出されるとは思わなかった。

リリィローズは悔しげに男を見つめる。

「悪いが俺は、君に言われて追い出される哀れな使用人じゃない。君に命じられたからと言ってそれに大人しく従うつもりはないよ」

リリィローズは威厳を保つのを忘れ、狼狽えたように問い質した。

「ま、まさか、この屋敷に居座るつもり？」

「当然の権利だ」

「っ……冗談じゃないわ！」

「もちろん冗談を言った覚えはない」

小馬鹿にしたような目つきに、リリィローズはますます冷静さを失う。

「あ、貴方みたいに礼儀知らずで恥知らずな人と、これ以上一緒にいるなんて耐えられないわ。自分から出て行かないというのなら……こ、こっちにも考えがあるわよ」

無計画のままそんな言葉を口にすると、男の片眉がぴくりと反応した。

「俺を脅《おど》すつもりか？」

「忠告しただけよ」

言葉を繋ぎながら、リリィローズは必死で思考を巡らせた。

相手が女だからノーランも甘く見ているに違いない。だったら別のなにかで彼をけん制しないことには話が先に進まない。

「レ、レイナルドを呼んで、力尽くで貴方を追い出しても構わないのよ」

「ふうん……そっちがその気なら俺にも考えがある」

剣呑《けんのん》な気配を漂わせ、椅子から立ち上がったノーランが静かに歩み寄ってくる。

「……っ」

昨日の今日で本能的に怖れを感じたが、ここで引き下がるわけにもいかない。

ドレスのなかで震える足に力を込めると、男を迎え撃つためその場になんとか留まった。

するとノーランはひとりぶんの距離を置いて立ち止まり、リリィローズの足から顔まで嬲るようにゆっくり視線を動かすと、なにかに気づいたようにふっと笑い、居丈高に言い放つ。

「相変わらず負けん気だけは強いな」

男はすぐに笑いをおさめると、低い声で告げた。

「リリィローズ、いますぐ屋敷を俺に売れ」

「なんですって？」

「なんなら君の言い値で買い取ってもいい」

見下すような口ぶりに、思わず抗戦してしまう。

「そんなのお断りよ」

「まったく強情なお嬢様だな。なんのために銀行と取り引きして、わざわざ利息分を上乗せしたと思っているんだ」

「え、それじゃ、銀行側が資金を返せと言ってきたのは……」

ノーランは胸の前で腕組みすると、にやりと笑った。

「銀行側と結託していたのね！　それなのにわたしたちには味方のふりをして信用させるなんて、卑怯だわ！」

「騙されるほうが悪いんだよ」

悪びれることなく言い捨てて、ノーランが一方的に話を進める。

「支払いに困った君が、親切にしてもらった俺を頼って権利書を売り渡すって計画だったのに、君が使用人を解雇してまで無駄な抵抗を続けるから、強硬手段に訴えるしかないじゃないか」

「まさか、昨夜のあれも脅しのつもりなの？」

「さあ、どうかな」

とぼけてみせる男の顔がやけに憎たらしい。

「なにがあっても、絶対にこの屋敷は売らないわよ」

「なぜそうまでして意地を張るかな」

ノーランの声に呆れたような感情が交ざる。

「ここを売却しても、君には領地があるだろう。支払いのために無理して金策《きんさく》に走るより、俺から屋敷の売却金を受け取って領地に引っ込んでいればいい。どちらにしろ君に損はないだろう？」

「損得の問題じゃないわ」

リリィローズは領地で待つ使用人たちにはっきりと約束したのだ。必ずラッセル伯爵とふたりで本邸に戻ると。

リリィローズは強い眼差しでノーランを見すえた。

「わたしはお父様の帰りをここで待つと約束したの。その約束を破るつもりはないわ」

「綺麗事だな」

ふんと鼻を鳴らし、男が意味ありげに唇の端を持ち上げる。

「君が屋敷を手放したくないのは、ここを売却したことで社交界のゴシップになることを怖れているからだろう？　そんな馬鹿らしい見栄や虚栄心のために、みすみす好条件を逃すつもりか？　俺は言い値で買い取ると言っているんだぞ」

「どう思おうと貴方の勝手よ。だけど、わたしは屋敷を絶対に売らないし、いますぐ貴方にもここから出て行ってもらいます」

リリィローズが断言すると、ノーランの顔から微笑が消えた。これまでの表面上の穏やかさすら鳴りを潜め、代わりに底冷えするような冷ややかな視線が浴びせられる。春の陽だまりから一転、寒風吹きすさぶ真冬のただなかに放り出された気分だ。

「俺を追い出して、無事に済むと思っているのか？」

男の意図がわからず、リリィローズは眉をひそめる。

「俺がここから出て行けば、ラッセル家の内情や君との夜のことが世間に広まることになる。メアリーの耳にそんな話が届いたら、今度はどんな悪評が立つと思う？　きっと彼女は喜んで、君の噂に尾ひれをつけて触れまわると思うけど」

「わ、わたしを脅迫するつもり？」

「まさか」

ノーランが酷薄に笑う。

「これは君が言うところの忠告だ。先に仕掛けてきたのは君のほうだろう」

仕返しのつもりなのか、狼狽するリリィローズを見て男が満足げに頷く。

これでは迂闊《うかつ》にノーランを追い出すことができない。

なんて卑怯な男なのだろう。悔しさのあまり拳を握るが、解決策は見つからず、立場が弱いことに変わりはない。

お父様がいないあいだは、私がラッセル家を守らなければならないのに……。

「さあ、どうするリリィローズ？」

迫られていると、ふいにノックの音がして執事がワゴンを運んできた。

「お待たせしました、お嬢様。いま朝食を……」

至近距離で向かい合うリリィローズたちを見て、執事が訝しげに眉をひそめる。

「なにかあったのですか？　それに、ノーラン様は早いうちに屋敷を出て行かれる予定だと承っておりましたが」

困ってリリィローズが目を伏せると、ノーランは脱ぎ捨てた紳士の仮面を被り直して執事に告げた。

「じつはリリィローズ嬢から、この屋敷に留まって欲しいと頼まれたのです」

「え！」

リリィローズと執事はほぼ同時に声を上げた。

「ですが当家には使用人がひとりも……」

執事が困惑したように、リリィローズの顔色を窺う。

このままノーランに踊らされるわけにはいかない。

リリィローズは愛想笑いを浮かべながら男を見上げた。

「レイナルドの言うとおりですわ。わたしがお引き止めしているだなんて、ノーランさんのお聞き間違えでしょう。ここにいてもノーランさんのお世話は満足にできないと思いますし、ここはどうか予定どおりにほかのお屋敷か宿に移られてはいかがでしょう」

やんわり出て行けと伝えると、敵もさるもの笑顔で応酬《おうしゅう》してくる。

「私はべつに使用人がいなくても構いませんよ。だから君がどうしてもとおっしゃるなら、私は沈黙を守ってここに残ろうと思うのですが……。どうします、リリィローズ嬢。すべて君の答え次第です」

選択肢を与えているようで、その実、リリィローズが選ぶ答えはひとつしかない。

にこやかなノーランの微笑みは出会った頃と同じように優雅で魅力的なのに、いまのリリィローズの目には悪魔の嘲笑《ちょうしょう》にしか映らなかった。

こんな男に屋敷に居座られては迷惑だ。

かといって男を追い出せば、ラッセル家の内情が世間に知られることになる。それどころか、彼とのありもしない関係まで吹聴されてしまうだろう。そんなことにでもなれば、確実にラッセル家は不名誉な噂にまみれてしまう。

父のためにもそれだけはなんとしてでも避けたい。

リリィローズはふたりの視線が集まるのを感じながら、屈辱に耐えるようにして重い口を開いた。

「ノーランさん……よろしければ当家にこのまま滞在していただけないでしょうか」

リリィローズの言葉に執事がはっと息を吞むのがわかる。

「それは心からの言葉ですか？」

この期に及んでまだいたぶるつもりだろうか。

「……ええ、ぜひ」

するとノーランは満面の笑みを見せた。

「わかりました。君の頼みであれば断れません。喜んで滞在させていただきます」

自分で仕向けておきながら、いけしゃあしゃあと応じる。

ノーランは主の心変わりに呆然としている執事に近づくと、ワゴンにのせられた朝食の皿を覗き込んだ。

「これ、もしかして君の手料理？」

「左様でございます。当分は私が食事のご用意をいたします。それから私のことはレイナルドとお呼びください」

執事が淡々と応じると、ノーランは執事の手料理を冷めた目で眺めた。

「まあ、レイナルドの努力は買うけどね……」

彼が言いたいことはリリィローズにも伝わった。

執事の作ったマッシュポテトは完全に潰れていないし、フライドベーコンやスクランブルエッグは焦げ目がつきすぎている。そのうえ小麦のお粥は水分ばかり多すぎて上澄みだけが目立ってしまっていた。

料理人が作ったものと比べれば、見劣りしても仕方がない。

そもそも執事は使用人を管理するのが仕事だ。

レイナルドは事もなげに自分が料理したと告げたが、それがどんなに大変なことかリリィローズでも推し量ることができた。

働く使用人の数が多ければ多いほど仕事は細分化され、それぞれが専門分野に特化したエキスパートになっている。料理人は料理だけを作り、侍女はメイドのように部屋の掃除をすることはない。それなのに管理職である執事が自分の職務を越えた雑務までこなそうとしているのだ。

レイナルドのことだ、きっと使用人を解雇すると決めたときからひとりで陰ながら努力してきたに違いない。たとえそれが結果として現れなくても、リリィローズは彼の努力にきちんと応えようと思った。

「ありがとう、レイナルド。このまま食事をいただくわ」

リリィローズはさっきまでノーランに占拠されていた主の席に近づくと、執事の手を借りて静かに着席した。

執事は皿をセットしながら、どこかうれしそうにしている。初めての手料理をリリィローズに提供できることに喜びを感じているのだろう。

執事にとって主に尽くすことこそ生き甲斐なのだ。

「リリィローズ、まさか本気でそれを食べるつもりじゃないだろうね？」

「もちろん、いただくわ」

途端にノーランが降参とばかりに両手をあげる。

「悪いけど私は、ここでの食事は遠慮させてもらってもいいかな」

「どうぞご自由に。なんなら宿に移っていただいても構わないのよ」

「いや、それは止めておくよ。私がいなくなったら君が悲しむだろうからね」

執事の手前、穏やかに応酬を繰り広げていたが、さすがにリリィローズの顔に怒りの色が滲むと、ノーランは素早くドアの外へ身を躍らせながら悪戯っぽく笑う。

「それじゃあ、私はこれから人に会うので失礼するよ」

ノーランの姿が完全に見えなくなっても、リリィローズは悔しさのあまり男の出て行ったドアの木目をじっと睨みつけていた。そうでもしなければ怒りのやり場が見つからない。

そんな主の視線をどう受け取ったのか、執事が戸惑いながら尋ねてきた。

「お嬢様、どうしてノーラン様を引き止めたりなさったのですか？」

「それは……」

問われて言葉を詰まらせる。

ノーランに脅迫されたことを説明するのは構わないが、昨夜受けた辱めを打ち明けるのは躊躇われる。レイナルドは執事といっても、もとは幼なじみで異性なのだ。さすがにそんな相手に昨夜の出来事は話しづらい。

リリィローズが物憂げな表情を浮かべていると、執事まで顔を曇《くも》らせこめかみに手をやった。

「お嬢様、少々申し上げにくいのですが……」

率直な執事にしてはめずらしく奥歯に物が挟まった言い方をする。

リリィローズが言葉の続きを待っていると、執事はわずかに目線を逸らして口を開いた。

「私の見間違いでなければ、昨夜、それも真夜中におふたりは一緒にいらしたはず。あんな時間にあのような場所でいったいなにをされていたのですか？」

「な、なにって、どういうこと？」

一瞬どきりと心臓が跳ね、思わず質問に質問で返すと、執事はさらに言いにくそうに咳払いしてみせた。

「差し出がましいようですが、資本家の中には爵位目当てで貴族の令嬢に近づく者が少なからずおります。もしもお嬢様がノーラン様に対して特別な好意を抱いているのであれば私としては」

「そんなこと絶対にありえないわ！」

執事の言葉を遮って、リリィローズは慌てて言い募《つの》った。

「喉が渇いて食堂に下りていったら、たまたま彼と出くわしただけなの！　わたしとノーランはレイが心配するような仲ではないわ！　それどころかあんな軽薄な人、わたしの好みではないわ！　絶、対、に！」

「それを聞いて安心しました」

心底ほっとしたように執事が息をつく。

「昨夜、いつの間にかノーラン様が邸内に戻っていらして、お嬢様にドアを開けてもらったのだと意味ありげにおっしゃるものですから、つい邪推《じゃすい》してしまいました。申し訳ございません」

事実は違うが、それを訂正するためには執事がもっと誤解するような話を打ち明けなければならない。

そんなことは言えるはずがない。かといって、ノーランを追い出すためにはレイナルドの協力が必要だ。

リリィローズはひとまず自分の意志を執事に伝えておくことにした。

「彼には助けてもらった恩があるし、行く先がないと言われてしまったから、仕方なく、本当に仕方なく、滞在を認めることにしたの」

「なるほど、そういった事情で引き止められたのですね」

頷く執事にリリィローズは語調を強めてきっぱり言う。

「でも、わたしとしては彼にはなるべく早くこの屋敷から出て行ってもらいたいの」

引き止めたが追い出したい。そんな相反する主の言葉に、執事は戸惑いを見せた。

「しかし、お嬢様がノーラン様の滞在を許可した以上、私としてはそれに従うほかありません」

「ええ、わかっているわ。けれど、どうにかして彼をこの屋敷から追い出したいの」

「追い出す……」

執事はしばらく策を巡らすような顔つきをした。

「私がお仕えするのは旦那様とお嬢様だけです」

ふいに決まり切ったことを言われ、リリィローズは当惑する。

「あらかじめお断りしておきますが、私はノーラン様のお世話をするつもりはありません」

そんなことを断言されたら普通は困るところだが、相手は客人というよりただの脅迫者だ。この屋敷にとって百害あって一利ない。

「ええ、それは仕方ないことね」

リリィローズは執事の意志を尊重することにした。

「先ほどノーラン様は食事の世話も、使用人が不在でも構わないとおっしゃっていました。

つまりノーラン様もここでの生活が不便とわかれば自発的に出て行かれるのではないでしょうか?」

要するに客扱いしなければいいのだ。

「そうね! ここでの生活がいかに不便かわかってもらえばいいのよね!」

瞳を輝かせるリリィローズを見て、執事は手袋をした手を自分の胸に置いた。

「では、さっそくそのように取り計らいます」

主従の思いは、はっきりと言葉に出さずとも一致しているようだ。

そのことにひとまず安堵して、リリィローズは執事が供する料理に手を伸ばした。

それから一週間後——。

「イレブンジズ・ティーです」

執事がリリィローズのカップに紅茶を注いでいると、なんの前触れもなくドアが開いた。

途端に香ばしい匂いが食堂に充満して、リリィローズたちの鼻と胃を否応なしに刺激する。

「やあ、おはようリリィローズ、レイナルド」

両手に皿を持ったノーランが笑顔で挨拶してくる。あれからノーランは逃げ出すどころか、逆境さえ楽しんでローズハウスに居座り続けていた。

いまもこれ見よがしに自分が作った料理の皿をリリィローズの席近くに置くと、聞いてもいないのにメニューを披露《ひろう》し始める。

「昨夜は肉料理だったからね。今朝はクロック・ムッシューと魚介の詰め物にしてみたんだ。あ、それとこっちの皿はチーズオムレットにきのこのサラダ」

さっき食事を終えたばかりだと言うのに、リリィローズの視線は色鮮やかな料理にくぎづけとなり、無意識に喉まで鳴らしてしまう。

執事の料理に不満があるわけではないが、料理人ではないだけに作れるものにどうしても限りがある。さすがに同じようなメニューばかり食べていると、ほかの味が恋しくなってしまう。

「レイナルドの努力は認めるけど、毎日マッシュポテトばかりじゃ君も飽きがくるだろう？」

当てこすられた執事は、眼鏡の奥で憮然と眉をひそめる。

執事から、リリィローズ以外の世話は一切しないと告げられると、ノーランはみずから料理を作り、ベッドメイクから果ては洗濯までしてみせた。

そうした日常のなかでノーランは執事の前でも紳士の仮面を外しつつあった。

「残念だったな。俺は君のご主人様と違って、使用人がいないとなにもできない訳じゃない。子供の頃からなんでもひとりでこなしてきたんだ。この程度のことで俺を追い出せると思ったら大間違いだよ」

図星を指され、リリィローズと執事はそろって黙り込む。

悔しいけれど、付け焼き刃の慣れない嫌がらせでは到底ノーランに太刀打《たち》ちできない。

「俺を本気で困らせたいなら、厨房《ちゅうぼう》もなにも貸さないと言うべきだったな。そういうところまで徹《てっ》しきれないところが、育ちの甘さだ。君はこれまで誰かに裏切られたことがないんだろう？」

たしかに自分で食事を作るとノーランが言い出したとき、執事の反対を押し切って彼に厨房を貸す許可を与えたのはリリィローズだ。

どんなに嫌っている相手からひどい仕打ちをされたとしても、自分まで同じことをする必要はない。仕返しすればその場はいったん気が晴れるかもしれないが、きっとあとから悔やむに決まっている。

そう思ったリリィローズは、ノーランに厨房だけでなく生活上必要なものがあれば自由に使用することまで認めた。

ところがノーランはリリィローズの善意に感謝するどころか、時には黒にも見える双眸に意地の悪い光を湛えて嘲《あざけ》った。

「君は相手にやさしくすれば、それと同じぶんだけやさしさが返ってくるとでも思っているのか？」

「ええ、そうよ。少なくとも悪意は返らないと信じているわ」

紅茶を飲んで答えると、ノーランは頭を振ってから肩を竦めた。

「まったく世間知らずもいいところだな。残念ながらリリィローズ、世の中それほど甘くない。人のやさしさや親切心につけ込むだけつけ込んで、自分の良いように利用したがる奴はいる。おまけにそういう身勝手な人間ほど自分の行いには無自覚で、下手をすれば思い通りにならない相手を加害者に仕立てあげようとするんだ」

そう吐き捨てたノーランの顔に、わずかに憂《うれ》いのような色が浮かぶ。

「善良なだけでは生きてはいけないんだよ、リリィローズ」

呟く言葉には男の苦労が透けて見えた。

彼も過去にそういう人からひどい目に遭わされたことがあるのだろうか。

そう思うと少しだけ同情する気持ちも湧いてくる。

「貴方って皮肉屋だけど、親切なところもあるのね」

「親切？」

よほど思いがけない言葉だったのか、ノーランは訝しげに目をすがめるとリリィローズの碧い目をじっと見つめた。

「さっきからわたしのことを馬鹿にしているけど、よく聞けばわたしへの忠告にも取れるわ。それに貴方の持論からいけば、自分の行いを自覚している貴方はそこまで身勝手な人じゃないってことになるし」

「俺の揚《あ》げ足を取ったつもりか？」

不快そうな声の響きに、リリィローズは目を丸くして呆れる。

「そうやって、貴方が人に意地悪や嫌みばかり言っているから、相手も同じことを自分に返してくると思い込んでいるんじゃないの？」

その指摘に思い当たる節でもあるのか、たんに虚を衝かれただけなのか、ノーランが不機嫌そうに口を閉ざす。

いつも彼のペースに巻き込まれてばかりいるリリィローズは、初めて彼をやりこめた気がして子供のように瞳を輝かせた。

ノーランは鼻にわずかなしわを寄せる。

「お嬢様、そろそろお時間です」

いつの間にかドアの近くまで移動していた執事がリリィローズに声をかけた。

「あ、そうだったわね。いま行くわ」

リリィローズが立ち上がると、ノーランが即座に呼び止める。

「出かけるのか？」

「いいえ、いまから来客があるの」

「来客？」

「お嬢様」

急《せ》かすように執事が食堂のドアを開ける。リリィローズはノーランを残して食堂を出ると、執事とともに五人の来客を出迎えた。

「今日は来てくださってありがとう」

見るからに労働者階級の女四人と男ひとりに声をかけると、来訪者たちは腰を低くしてリリィローズに頭を下げる。

「感謝するのは私どものほうです」

「まさかまとまった給金を支払っていただけるなんて夢みたいなお話です」

「このところいろんなもんが値上がりして、あたしたちも困っていたところなんですよ」

「うちのかみさんが大喜びでした」

「ありがとうございます」

口々に感謝を述べた五人はローウッドで直接雇い入れていた使用人たちだ。

「こちらの急な事情で解雇したんだもの。とりあえず二か月ぶんのまとまった給金しか支払えないけど……。残りは後払いでもいいかしら」

彼らに解雇を言い渡したとき、給金を保障すると約束したのはリリィローズだ。すぐに全額とはいかないが、待ってもらうことでどうにか用立てることができた。

「もちろんです、お嬢様！　解雇されたら払っていただけないのが普通なのに、二か月ぶんもいただけるなんて俺たちは本当に幸せ者です。また来年も、ぜひこちらのお屋敷で雇ってください」

「あたしらもお願いします！」

あっという間に元使用人たちに囲まれてしまうリリィローズを見て、執事が威嚇《いかく》するようにあいだに割って入る。

「お嬢様から離れなさい。お前たちがどうしても礼を言いたいというから、特別にお嬢様と引き合わせたのだ。これ以上、お嬢様を煩わせるような発言はよしなさい」

「も、申し訳ございません」

五人が慌てて離れると、執事がリリィローズを促した。

「お嬢様はお部屋にお戻りくださいい」

「ええ、わかったわ」

「お前たちは私についてきなさい。下の部屋で受け取りのサインをしたら給金を支払おう」

執事はぞろぞろと五人を引き連れて、地下の執事部屋へと誘っていく。

あとは任せて部屋に戻ろうとすると、柱の陰にノーランが立っていることに気づいた。

「お人好しだな。解雇した人間にまで金を払うつもり？」

どうやらリリィローズたちのやりとりを見ていたらしい。

「こちらの事情で迷惑をかけたのだから当然よ。それにお父様がいれば、きっと同じことをしたはずだわ」

また嫌みを言われるのかと身構えたが、ノーランはリリィローズを見つめたままただ黙っている。

「ノーラン？」

不思議に思って小首を傾げると、

「貴族なんてみな同じだと思っていたのに……」

何事かを呟いて、ノーランがゆっくりと近づいてくる。

その瞳には、好奇と煌めくなにかが覗いていた。

「あのとき君に出会っていたなら、なにかが変わっていたのかな」

ノーランの手が伸びて、白い頬に指がかかる。

「リリィローズ」

名前を囁かれ、瞳を覗き込まれる寸前、慌ただしい靴音とともに元使用人の叫び声が聞こえた。

「た、たた大変です！」

「どうしたんだ？」

ノーランが離れ、肩越しに視線をやる。

「レイナルドさんが急に倒れて！」

「レイが!?」

「やっぱりな……」

聞き捨てならない言葉にリリィローズが反応するより早く、ノーランは男に銀貨を握らせると低い声で命じた。

「君は辻馬車を拾って、いますぐ医者を連れて来い」

「わ、わかりました！」

男が玄関から出て行くと、ノーランは呆然としているリリィローズに振り返った。

「レイナルドはどこだ？　すぐに案内しろ」

「え、ええ」

その声に弾かれたように、リリィローズは地階の執務室へと走りだす。

急いでドアを開けると、四人の女たちが床に倒れた執事を取り囲んでいた。

「レイ！」

いつもはきっちり整えられた髪が乱れ、蒼白となった顔から眼鏡がずり落ちている。落ち窪んだ眼窩《がんか》は目蓋が閉じられたままぴくりとも動かない。

その様子に、夢で見た父親の憔悴《しょうすい》した姿が重なって、リリィローズはパニックを起こしかけた。

「いや！」

悲鳴を上げると、ノーランの手がリリィローズの腕を摑んで激しく揺さぶる。

「しっかりしろ！　ベッドはどこだ？」

「こ、この隣よ」

「だったらドアを開けておいてくれ」

ノーランは優美な風貌からは想像できない力強さで執事の体を軽々と抱き上げると、執務室の続き間になっている私室へと彼を運んだ。

「お願い、レイを助けて……」

執事の脈を取るノーランに思わず縋ると、男はかすかに笑ってリリィローズの頭を撫でた。

「安心しろ、気を失っているだけだ」

「良かった……」

ノーランが立ち上がると、リリィローズは入れ替わるようにして執事の手を強く握りしめた。

「レイ、もうすぐお医者様がくるわ」

その様子を横目に見ながらノーランは執務室に戻ると、給金の支払いを済ませ、口止め料に銀貨まで払って彼女たちを送り出した。

やがて医者が駆け付けると、診察のため服を脱がすからとリリィローズだけが廊下に出された。

お願い、お父様。レイを守って……。

祈るような思いで待っていると、ノーランがひとりで部屋から出てきた。

「ノーラン、お医者様はなんて？」

「過労と栄養失調による貧血らしい。どうやら君にだけ食事をさせて、レイナルドはまともに食事をとっていなかったようだ」

「どうしてそんなこと……」

思わず口に出すと、問い質すような視線が放たれる。

「君は気づいていなかったのか？」

「え？」

「家財を売却したとはいえ、手持ちの現金は限られている。そこから銀行や解雇した使用人たちへ給金を支払い、そのうえ物価上昇のあおりを受ければなにかしらを切り詰めるしかない」

「だから自分の食費を切り詰めていたというの？　でも、レイはそんなこと一言も……」

「それだけ君に忠実なんだろ」

どうやらノーランは執事の異変に気がついていたらしい。言われてみれば、顔色の悪い日があって、リリィローズが案じていると、雑務に不慣れなだけだとはぐらかされた覚えがある。

「全部、わたしのせいだわ……」

もっと早くに気づくべきだった。父の心配やノーランを追い出すことにばかりかまけて、身近にいた執事が体を壊すまで無理していたことに少しも気づいていなかった。

いまにして思えば、食事にマッシュポテトばかり出ていたのも、食費を切り詰めていたからに違いない。

「リリィローズ、俺と取り引きしないか？」

落ち込むリリィローズを前に、歪んだ笑みが向けられる。

「また屋敷を売れというの？」

警戒するように見返すと、彼は小さく首を竦めた。

「売ってくれるのか？」

こんなときに尋ねられても、とっさに答えることなどできない。

ラッセル伯爵の帰りをローズハウスで待つと決断したからこそ、執事はリリィローズの意志に従って無理をしたあげく倒れてしまったのだ。

これ以上、レイナルドに無理をさせるわけにはいかない。

けれど、ここで諦めてしまってはラッセル伯爵が戻らないような気がして、屋敷から離れる決断もできなかった。

リリィローズが答えを出せずにいると、ノーランはおもむろに口を開いた。

「君が前に追い出した街娼を覚えているか？」

「ええ」

彼女を追い出したことで、ノーランに辱めを受けたのだ。忘れようにも忘れられない。

「じつは彼女に、あることに一役買ってもらおうと思っていたんだが、君がその代わりを務めてくれればと思ってね。俺のために働く気はあるか？」

「働くって……具体的になにをしたらいいの？」

警戒するような視線を向けると、ノーランは鷹揚《おうよう》に笑みを咲かせた。

「そうだな。まずは俺の身の回りの世話でもしてもらおうか」

「わたしに貴方のメイドになれというの？」

「ああ、そうだ。俺のために君が働くというのなら、ふたりぶんの食事を保証しよう。もちろん屋敷の権利書を売れば、そんな面倒なことをしなくて済むと思うけどね」

リリィローズは眉をひそめた。

これが彼の手なのだ。自分がメイド役など引き受けないと思って、わざとこんな取り引きを持ちかけてきたに違いない。

「この屋敷は絶対に手放さないわ。誰が貴方の思い通りになるものですか」

反発心を募らせるリリィローズに、ノーランは人の悪い笑みを浮かべると、ついと目を細めた。

「お嬢様育ちの君がどこまでやれるか見物だな」

整った顔に見下すような感情を見つけ、リリィローズは負けじと相手を見すえる。

誰が貴方なんかに屈するものですか。

そう強く決意しながら——。

4章　侵食

「さあ、遠慮なく食べてくれ」

ノーランは主の席にちゃっかりおさまると、みずから作った料理をリリィローズに振る舞った。

焼きたてのスコーンにボイルドエッグ、香ばしい匂いのミートパイ。みずみずしいサラダと、別の器にはカスタードプディングまで用意してある。

彼の料理の才能には驚くばかりだが、久々にまともなブランチを目の前にして、リリィローズの腹の虫はさっきから鳴り止もうとしない。

「作ってもらったのはありがたいけど、一度にこんなにたくさんは食べきれないわ」

「もちろんレイナルドのぶんもある。こっちの皿に取り分けて、彼にはあとで運んでやるといい」

執事が倒れたその日から、食事に関することはすべてノーランが行っている。

「食材が高騰しているのに、朝からこんなに贅沢してもいいのかしら」

リリィローズのためらいをノーランはおもむろに長い脚を組みながら、小馬鹿にしたように鼻で笑った。

「ずいぶん殊勝な言葉だな。昔の君なら出された食事のありがたみにさえ気づかなかったくせに」

たしかに反論はできない。

毎日出されていたマッシュポテト、少なくなっていくお皿の数。執事が倒れるまで、そのことの意味に気づきもしなかった。

「君たちが、出された食事を当然のようにとっていた頃、俺は貧民窟《ひんみんくつ》でその日の食べ物にさえ事欠いていた。だから、いまの財産を築き上げたとき、俺は二度と貧しい食事はしないと心に決めたんだ。だからこの料理は君のためにじゃない。あくまで俺のついでなんだ」

彼の言葉の端々には、貴族に対する嫌悪感が表れている。

最初リリィローズは、自分のことを毛嫌いしているのかと思ったが、どうやら彼は貴族そのものに不信感と嫌悪感を抱いているようだった。

「ノーランは貴族のことが嫌いなのね」

「ああ、そうだ。だから君も遠慮しないで食べておくといい。どうせこのあと提供した食事ぶんは、きっちり働いて返してもらうつもりだ」

「もちろん、わかっているわ」

　頷きながら、リリィローズは不思議に思う。どうしてノーランはそこまで貴族を嫌っているのだろう。

「なんだ？　ぼさっとしていないで早く食べろ。それとも俺に給仕しろとでも？」

「違うわよ」

リリィローズは執事のために料理を取り分けると、さっそくミートパイを口に入れた。

「っ……美味しい」

思わず声を漏らすほど、舌がご馳走に飢えていた。

ノーランの作る食事は料理人のものと比べてもなんら遜色がない。おまけに彩りにもこだわる質《たち》らしく、見た目にも美味しい。

そんな料理をお腹いっぱい食べられることにはもちろん感謝しているが、作ったのがノーランだと思うと素直にありがとうとは口にできなかった。

だいいちリリィローズと執事にかかる食費分は、あとでメイドとしてこき使われる予定なのだ。

結局、リリィローズは最初に漏らした言葉以外、なんの感想も漏らさないままただ黙々と料理を口に運び続けた。

そのことに対して不満のひとつでも言われるかと思ったが、ノーランは完食したリリィローズの皿を見て、満更でもなさそうな顔をしている。

口に出さずとも態度でわかるとでも言いたいのだろうか。

「ごちそうさま」

リリィローズは迷った末、最低限の礼を口にして立ち上がった。

「食堂の片付けはあとでするから、先にレイの部屋に食事を運んでもいいかしら？」

「ああ、構わない。俺は部屋で仕事をしているから、あとでコーヒーを持ってきてくれ」

さっそくメイド扱いされて屈辱を覚えたが、これも執事のためと思えば我慢もできる。

リリィローズは皿とカトラリーをたずさえて地階へと下りていった。

「レイ、起きている？」

ノックをすると、気怠そうな声が返ってくる。

「はい、お嬢様。少し前から起き……ゲホッゲホッ……」

激しく咳き込む声がして、リリィローズは慌ててドアを開けた。

「大丈夫？」

どうやら無理に起き上がろうとして咳が出てしまったらしい。執事は栄養不足がたたって、昨夜から高熱を出して寝込んでいた。

「だめよ、横になっていなきゃ。一週間は安静にするようお医者様に言われたんでしょう？」

急いでテーブルに皿を置くと、代わりに水差しの水を注いで届ける。

執事は手渡したグラスでひと息つくと、ベッドに横になりながら謝罪の言葉を口にした。

「申し訳ございません、こんなときにご迷惑をかけてしまって……」

「なにを言っているの。これまでレイにばかり負担をかけていたんだから、具合が悪いときくらい気にせずゆっくり休んでちょうだい」

「ですが、ノーラン様のこともあるのに……」

話題がノーランの話に移ると、リリィローズはとっさに背中を向けて皿を取りに行くふりをした。

メイドの件を引き受けたとき、リリィローズはノーランに願い出たことがあった。

それは、取り引きしたことを執事には秘密にしておくこと。

せめて体調が戻るまでは気づかれないようにしておかないと、愚直《ぐちょく》な執事のことだ。主を働かせるわけにはいかないと、無理をして起きだしてしまう可能性がある。

これから一芝居打つために、リリィローズは息を整えてから執事のもとに戻った。

「ノーランのことなら心配ないわ。さすがにわたしたちの内情を知って、彼も同情してくれたみたいなの」

「ノーラン様が？」

「ええ。この料理だって、レイのためにノーランが作ってくれたのよ」

にわかには信じられないのか、執事の眉間に縦じわが寄る。

「屋敷のことがあったからお互いむきになっていたけど、今回のことで少しだけノーランを見直したの。だって倒れたレイをベッドまで運んで、お医者様まで手配してくれたのよ」

「しかし、そうなると食事代や医者への支払いが……」

「そのことなら大丈夫。お父様が戻るまでのあいだ、ノーランが立て替えてくれたの。もちろん彼のことだから、あとできっちり手数料も要求してくるでしょうけど」

関係が良好であることをアピールしながらも、ノーランを手放しで褒《ほ》めたりはしない。敵対関係にあったふたりが急に仲良くなるのは変だからと、執事に説明する際、そう話すようノーランから助言されていたのだ。

そのことが功を奏したのか、それとも熱で思考がまともに働かないだけなのか、ノーランに警戒心を抱いていた執事も一応は納得してみせた。

「わかりました。お嬢様にはしばらくご不便をおかけしますが、あと二、三日はご辛抱なさってください」

「なにを言っているの！　一週間は絶対安静にしていなきゃだめよ。そのあいだはここから出るのを許さないわ。無理をしてまた倒れでもしたら大変じゃない」

「しかし……」

「お願いよ、レイ。これ以上、わたしのために無理はしないで。ちゃんと食事が終わるまで、わたしはここで見張っていくわよ」

食後に薬を呑むところまで見届けると、リリィローズは皿を持って執事の部屋を出た。いまごろノーランは客間に戻って仕事をしているに違いない。

案の定、食堂に男の姿はなく空いた皿とナプキンだけが残されていた。

リリィローズは地階に下りたついでに取ってきたお仕着せのメイド服に着替えると、食堂の片付けから始めることにした。

屋敷で働く使用人たちは、いつも主やその家族の目に触れないうちにそれぞれの仕事を終えてしまう。

そのためリリィローズは皿洗いはもちろん、ハウスキーピングの現場さえ一度も目にしたことがない。おかげで昨夜はノーランの監視付きで慣れない皿洗いをさせられた。

「昨夜は散々馬鹿にされたけど、今日こそ完璧にこなしてみせるわ」

意気揚々と作業に取りかかったものの手際が悪いのは致し方なく、食器をすべて洗い終えるまでに二枚も皿を割ってしまった。

「こんな日もあるわよ。ええっと、次はコーヒーを用意して……」

淹れ方については事前に説明を受けていたが、部屋に届けるまでゆうに二時間が経過していた。

「遅い。三人ぶんの皿を洗うのに何時間かかっているんだ」

客間に入るなり、開口一番そう言われて睨《にら》まれた。

リリィローズはむっとしながらも、書類を広げていた男の前にコーヒーを置いた。

ノーランはそれを一口飲むなり渋面《じゅうめん》をつくる。

「なんだこれは」

「なにってコーヒーよ」

「冷めているうえに、粉まで浮いてるじゃないか」

「あ、貴方と違ってわたしは紅茶派なの。初めて淹れたのだからちょっとくらい失敗は見逃してほしいわ」

「ちょっと？　それなら紅茶は用意できるのか？」

「……たぶん、できるわ。やったことないけれど」

男は盛大にため息をつくと、それ以上コーヒーに口をつけることなくカップを置いた。

「あまりに君が遅いんで、道具だけは運んでおいた。それでさっさと暖炉掃除をしろ」

指さしたほうを見ると、たしかに掃除道具の詰まったハウスメイドボックスとほうきが無造作に置かれている。

「暖炉って掃除をするの？」

「当然だろ」

上から目線の言いぐさにカチンとくるが、とりあえず目に留まったほうきを摑むと暖炉の前をさっとひと掃きした。

途端に白い灰が室内に舞い上がる。

「やだ、なに？　ケホッ、ケホッ」

咳き込んでいると、呆れた声が耳に届く。

「なにをやっているんだ？」

仕事をしているのかと思えば、ノーランは壁に凭《もた》れるようにしてリリィローズの作業を眉をひそめて見守っている。

「なにって、見てのとおり掃き……ケホッ」

「だったら窓を開けて換気しろ」

そう言ってノーランは次々と窓を開けていく。

「いいか、床を掃く前に暖炉の灰を片付けろ。でなきゃまた床が汚れて二度手間になる」

「このまま石炭を燃やせばいいんじゃないの？」

リリィローズの暖炉は、いつも赤々と燃えているイメージしかない。

「あのな、石炭を燃やせば必ず灰が出るだろ。古い灰を取り除かないと部屋が汚れるし、灰が溜まる一方だ」

「知らなかったわ。それじゃあ、レイは食事だけじゃなく暖炉掃除までしてくれていたのね」

ノーランのために働くなんて屈辱以外なんでもないが、こんな事態にならなければ普段の生活にどれだけの人の手を借りていたか気づきもしなかっただろう。

「お父様が言っていたわ。わたしたちは恵まれているからこそ使用人たちを冷遇せず大事にしなさいって」

「そうなのか？」

疑わしげにノーランが聞いてくる。

「ええ、そうよ。頭では理解していたつもりだけど、本当のところはなにもわかっていなかったのね」

リリィローズは素直に反省すると、改めてノーランを見た。

「わたしに掃除のやり方を教えてもらえる？」

「本当にやる気か？」

「ええ、わたしとレイのぶんは働かないと」

「ふうん……。すぐに投げ出すと思ったが、見当違いだったな」

意外そうな顔をしながらも、ノーランはわかりやすく掃除の手順を教えてくれた。

「まず火かき棒で灰に火が残っていないか確かめろ。それが終わったらバケツに灰を取って、ブラシで暖炉内の汚れを落とすんだ。それから鉄製の火格子を磨くのも忘れるなよ」

「わかったわ」

聞いているだけだととても簡単な作業に思える。だが実際に始めてみると、暖炉掃除は想像以上に重労働だった。

こんな大変なことを執事は食事も取らずに毎日してくれていたのか。

リリィローズは執事だけでなく、屋敷に仕える使用人たちの顔を思い浮かべながら暖炉掃除に専念した。

そうしてすべての灰を取り出して、煤《すす》で黒ずんだ火格子に銀色の光が戻ったとき、リリィローズはやり遂げた達成感で胸がいっぱいになった。

「終わったわ！」

思わず歓喜の声を上げると、

「あんまり遅いんで日が暮れるかと思ったよ」

いつの間にかベッドに寝そべっていたノーランが、退屈そうにリリィローズを眺めていた。

「明日はもっと手際よくやるわ」

「へえ、ちゃんと続けるつもりなのか」

「もちろんよ。貴方に借りを作る気も、施しを受ける気もないわ。食事ぶんの労働はきっちり果たすつもりよ」

「君は貴族のくせに変わっているな」

ノーランはベッドから滑るようにして立ち上がると、リリィローズの間近で止まり、碧い瞳を覗き込んだ。

「体面は気にするくせに、施しはいらないと突っぱねる。弱いくせに意地を張るのだけは一人前だ」

長い睫毛に縁取られた男の瞳が誘うように甘く煌めく。

「感情を表に出さないのが貴族の嗜みなんだろ？」

「ええ、そうよ」

「それなのに君は、怒ったり笑ったり感情表現が豊かだな」

「らしくないのはわかっているわ」

そのせいでいつも執事から小言を並べられてしまう。

「だけどお父様が言っていたの。感情を見せないことと、心を失くすことは別だって」

するとノーランは考え込むように呟いた。

「じゃあ君のように感情を素直に出していれば、心を失くさずにすむというのか？」

「それは……」

リリィローズにもわからない。現にノーランのように人好きのする笑みを浮かべて、平気で嘘をつく人間もいるのだ。

「きっとお父様は、相手に感情をぶつけるのではなく、自分に正直でいなさいと伝えたかったんだと思うわ。自分の心を偽るから、心が消えてしまうのよ。きっと……」

そんなことを話していると、父のことを思い出して胸が苦しくなる。

この寂しさと、ラッセル伯爵を引き止めきれなかった後悔はいつもリリィローズについてまわっていた。

「どうしてそんな顔をする？」

まるで小鳥でも包み込むみたいに、ノーランの手が前髪のひと房をやさしく握る。

そうして顔を近づけたかと思うと、髪にそっと自分の唇を押し当てた。

「……っ」

思わず息を呑むと、ノーランが探るように見つめてくる。

「いま、泣きそうな顔をしていた」

甘やかな双眸にすっとした鼻筋。口もとには絶えずうっとりするような笑みが広がっている。

認めてしまうのは癪《しゃく》だが、ノーランはたしかに魅力的だ。

彼の本性さえ知らなければ、少なからず好感は抱いていただろう。

けれど彼は貴族を毛嫌いしているし、人の弱みにつけ込んで屋敷に居座ってしまうような男なのだ。

なにを考えているのだろう。彼に関しては、ついいろいろと勘繰《かんぐ》ってしまう。

「……」

ノーランにじっと見つめられていることに居心地の悪さを感じて、リリィローズはとっさに目を逸らしてしまう。

やさしげな印象を裏切る、意地悪な性格。そんな男の言動に振り回されて、いつも落ち着かない気分にさせられてしまう。

これまでリリィローズのまわりには、彼女を大切に扱い、守ってくれる人ばかりいた。

それなのにノーランだけはリリィローズが嫌がることを平気でして、心の平穏を激しくかき乱してくる。これまでに出会ったことのない異質な存在——それがノーランなのだ。

リリィローズが睫毛を伏せても、まだ男が見ていることがわかる。

「顔を上げて、リリィローズ」

やさしく諭すような声音に、なぜだかまともに逆らうことができない。様子を窺うようにそっと顔を上げると、蠱惑的な甘い眼差しにぶつかる。間近でその目に見つめられると、いつかの夜を思い出して頰の辺りが熱くなってきてしまう。

むせるようなアルコールの匂い。戯れに奪われた初めてのキス。強引に触れられた指の感触はふとした拍子によみがえることがある。嫌なのに、耐えがたい仕打ちだったはずなのに、男の唇を見るたび恥辱とは違う別の動揺が走るときがあった。

「リリィローズ……」

男が口にした瞬間、開け放った窓から強い風が吹き込んでリリィローズの髪をさらう。乱れた髪のせいで男の姿が一瞬だけかき消される。

「ひどい頭だ」

ノーランはくすりと笑うと、指で前髪を梳いてくれた。そういえば、お父様もわたしの髪によく指を絡めて、やさしく名前を呼んでくれたわ。思い出に心を馳せていると、それに気づいたノーランが醒めた目をした。

「誰のことを考えている？」

「え……」

「気づいていないのか？　会話の途中で心をどこかに飛ばしたくせに」

困ったようにリリィローズが瞳を巡らせると、ノーランは興味を失ったように髪から手を離した。

「俺にこき使われてまでレイナルドのことを守りたいんだろう？　あいつが倒れたとき、君はまるで恋人にすがりつくようにして彼の手を握っていたからな」

あれは父の姿と重なったからだ。それにこの屋敷で自分と同じように父の帰りを待ってくれているのはレイナルドだけだ。

彼の存在が主としてリリィローズの気持ちを強くしてくれている。もしもひとりだったなら、とっくに泣きだして音を上げている頃だ。

どんなに帰りを信じていても、抑え込んでいる不安や疑念が悪夢となって現れる。

昼間は執事やノーランとのいざこざで気が紛れることがあっても、ふとした瞬間、悪夢が忍び寄ってリリィローズを不安の闇に引きずり込もうとするのだ。

「気に食わないな」

ついまた物思いに耽っていると、目の前の男が眼光を鋭くさせた。

「俺との会話の最中に上の空どころか、ほかの男のことばかり考えているとは」

「だって心配するのは当然じゃない」

ラッセル伯爵はたったひとりの肉親なのだ。

「そうやって俺を無視するから、つい構いたくなるんだろ」

本気とも冗談ともつかない口振りに、リリィローズは困って問い返してしまう。

「貴方にも、自分以上に大切に思える人がひとりくらいいるでしょう？」

するとノーランの顔に影が差し、瞳の奥が寂しげに揺れた。

「……昔はいたけど、もういない。それに君みたいに誰かを気づかうことよりも、憎むことのほうにはるかに時間を費やしてきた。そうでもしないと前には進めないからな」

男の放った言葉のつぶてがリリィローズの中で波紋のように広がり、胸を苦しくさせる。

皮肉屋な男にも、表に見せない孤独の影のようなものを抱えているのだろうか。

「……貴方はひとりで頑張ってきたのね」

声に隠された寂しげな響きを感じ取り、リリィローズはついそんなことを呟いてしまう。

「っ……」

ノーランは虚を突かれたように息を呑む。

男はなんの前触れもなくリリィローズを自分のほうへ強く引き寄せた。

「ん……っ……」

目の前に影が差し、音もなく唇が重なる。二度目のキスはかすかに触れただけで、すぐにリリィローズから離れていった。

強引に奪われたときよりも胸の高鳴りがおさまらない。逸る鼓動が耳につき、うるさいほどに脈打っている。

「どうして……」

思わず尋ねると、ノーランはばつが悪そうに顔を背ける。

「君が物欲しそうに見ているからだろ」

「な……っ」

一度ならず二度までも勝手に唇を奪っておいて、挙句《あげく》に人のせいにするなんて。

リリィローズは憤った勢いのまま、汚れた手でノーランの顔を挟んだ。

「なにをするんだ」

ノーランがむっとしたように睨みつけてくる。

「言っておくけど、わたしがメイドに甘んじているのはレイを飢えさせないためよ。こんな格好をしていたって、屋敷の主がわたしであることに変わりないわ。貴方なんてこの屋敷に取り憑いた亡霊、いえ、ただの寄生虫《きせいちゅう》よ。調子に乗らないでちょうだい」

「寄生虫……」

絶句したノーランの顔が煤で黒く染まっている。

リリィローズは思わず声を上げて笑った。

「やだノーラン！　いまの貴方、とっても素敵だわ！」

男は手で頬を拭うと、お返しとばかりに汚れた指をリリィローズの鼻先に擦りつけた。

「君ほど黒い鼻が似合う令嬢はどこを探してもいないだろうな」

「ひどいわ、ノーランっ」

「先に仕掛けたのは君だ」

真っ黒な鼻面を見て、ノーランも腹を抱えて笑いだす。

「ふ、ははは！　新しい化粧法をぜひ社交界で広めてくるといい！」

「……！」

男が見せたもの悲しい雰囲気はどこにもない。あるのは、人を食ったような態度だけだ。

「貴方なんて大嫌い！」

リリィローズは不愉快極まりない男の嗤笑《ししょう》を耳にしながら、肩を怒らせて部屋を出た。


その夜、リリィローズが食事を持って執事の部屋を訪れると、レイナルドの口から思いもよらない言葉を聞かされた。

「お嬢様が言うように、ノーラン様も案外悪い人ではないのかもしれませんね」

「え、急にどうしたの？」

「じつは少し前にノーラン様が部屋にきて、私の着替えの手伝いや暖炉掃除までしてくれたのです。お前の大事なお嬢様にこういうことはさせられないだろうとおっしゃって。私に代わってノーラン様がお嬢様のお世話をしてくださっているのですね」

抜けめのないノーランのことだ。きっと弱っている執事に恩を売ろうとしたに違いない。

「それは……っ」

否定しかけた口を慌てて閉じる。

取り引きの件を執事に秘密にする以上、そう誤解してもらっていたほうが事が丸くおさ

まる。

執事の中でノーランの株が上がるのはどこか釈然《しゃくぜん》としないが、ここはあえて同調するしかない。

「ええ、そうね。誰にでもひとつくらい良いところがあるみたいだわ」

「おかげで安心して休んでいられます」

痩《こ》けた頬にかすかな笑みを浮かべる執事に、リリィローズは複雑な笑みを滲ませていた。


翌日、リリィローズはノーランの買い出しに荷物持ちとして駆り出された。

ローウッド市内に出かけるのなら、誰かに見られてはまずい。

リリィローズはなるべく地味なデイドレスにボンネットを目深に被ると、念のためパラソルも差しながら同行した。

「そんな格好で市場に行くつもりか？　スリどもの格好の餌食《えじき》だぞ」

「だって、外出するなら身だしなみくらい整えないと」

「これだからお嬢様は……」

ノーランはぶつぶつと文句を言って、市場近くの商店街で立ち止まると、リリィローズに振り返りながら忠告した。

「市場にはひとりで行ってくるから、君はこの辺りで待っていてくれ。くれぐれも裏通りには近づくんじゃないぞ」

　仕方なく言いつけどおり待っていたが、じきに時間を持て余し、ぶらぶらと商店街を歩きだす。すると道を挟んだ店のショーウィンドウに見覚えのあるものを見つけた。

「あれは……」

　辻馬車がひっきりなしに行き交う道をおっかなびっくり横断すると、リリィローズはそのまま吸い込まれるようにして店の中へと入っていった。

　ショーウィンドウに近づくと、細かい細工の施された、片手に余るくらいの青い小箱を見つける。

「やっぱり、お母様が使っていた宝石箱だわ。どうしてこんなところに？」

　不思議に思いながら、店頭に飾られていた宝石箱を手にした。だいぶ昔に見たきりだが、懐かしくなってそっと蓋を押し上げる。

　本来ならオルゴールが鳴るはずだが、壊れてしまったのかなんの音も聞こえない。それでもリリィローズの頭には、幼い頃に何度も聞いた懐かしいメロディーが響いていた。

「たしかここを押すと……」

　中底の一角を指で押すと、カチッと小さな音がして隠し引き出しが手前に飛び出す。

「なにかが引っかかっているみたい」

　途中で止まった引き出しを指でつまみ出すと、中からセピア色の古ぼけた写真が現れた。

そこには、幼いリリィローズをあいだに挟んで写る、若かりし頃の両親の姿がある。

ローズハウスの中庭で撮ったのか、後ろにたくさんの薔薇が咲き誇っていた。

「お父様、お母様……」

誰ひとり欠けることのない家族写真。三人の姿がそろっているのはこの写真だけだ。

こんなものが残っていたなんて……。

胸に熱く迫るものを感じ、リリィローズはきゅっと唇を噛みしめた。

目にうっすらと涙の薄膜を滲ませながら食い入るように写真を眺めていると、先ほどまでほかの客の相手をしていた赤ら顔の店主が揉み手しながら近づいてくる。

「お嬢さん、お目が高いですね。その宝石箱はさる貴族の持ち物だったそうですよ。この前、知り合いの業者から手に入れたばかりの掘り出し物です」

店主は抜け目なくリリィローズのドレスを見て、上客と判断したようだ。すぐに、いくらで売りつけようか算段を始めた顔つきになる。

そうとは知らないリリィローズは勢い込んで店主に頼んだ。

「あの、こちらの写真をわたしに譲ってはいただけないでしょうか？」

「写真？　へえ、その宝石箱にそんな仕掛けがあったんですね」

店主はリリィローズの手から宝石箱を取り上げると、念入りに引き出しを検分してから強気の態度に出た。

「お嬢さん、写真だけを譲るなんてとんでもない。こいつは売り物なんですよ。欲しいのなら宝石箱ごと買い取ってもらわなきゃ」

「宝石箱はおいくらなの？」

待ってましたとばかりに店主がにやりと笑う。

「ざっと金貨十枚というところですね」

「金貨十枚……」

お金の単位はわかっても、物の値段や相場というものがさっぱりわからない。安いような気もするが高いようにも感じる。

だが、この家族写真だけはどうしても手に入れたい。

「ごめんなさい。いまは手持ちがないの」

「チッ……格好だけの貧乏貴族か……」

お金がないとわかった途端、店主はがらりと態度を変え、もとの場所に宝石箱を戻そうとする。

このままだと誰かに買われてしまうかもしれない。

「待ってください！」

リリィローズは、慌てて店主の腕を摑んだ。

「なんだ？　お金がないなら帰った、帰った」

野良犬でも追い払うように、店主がぞんざいに手を払いのける。

「あとで必ず買いにきます。だから、どうかそれまであの宝石箱を売りに出さないください」

「そんなこと言われてもねえ」

「──おい」

そのとき、険しい顔のノーランが両手に籠を持ったまま店に現れた。

「表で待つよう言っておいただろ。こんなところでなにをしているんだ？」

肩を怒らす男に、リリィローズは飛びつくように縋りついた。

「お願いノーラン！　屋敷に戻るまでお金を貸してくれないかしら」

「なにに使う気だ？」

「ここにある宝石箱を金貨十枚で買い取りたいの」

「十枚!?」

ノーランは露骨に眉をひそめると、店主から宝石箱を奪い取り、ためつすがめつ検分する。

「たしかに作りは見事だが、オルゴールの部分は壊れているし、保存状態も悪い。こんなものに金貨十枚の価値があるとは思えない。どうせ世間知らずのお嬢様だからと、店主にふっかけられでもしたんだろ。馬鹿馬鹿しい」

この様子ではノーランからお金を借りるのは難しそうだ。とりあえず屋敷に戻ってから、またここに戻るしかない。

リリィローズは店主に向き直ると、もう一度交渉してみた。

「必ず取りに来ますから、来月まで支払いを待ってもらえないでしょうか？」

「まさか、そんなに長くは待てませんよ」

「そんな……」

リリィローズが欲しいのは、家族が揃ったあの写真だけだ。

だが宝石箱を他人に買われてしまえば、写真を取り戻すことはかなわないだろう。他人から見れば紙くず同然でも、リリィローズにすれば金貨をいくら積んでも惜しくないほどの価値がある。

「少しはマシかと思ったが、君もやっぱりそこらの令嬢と変わらないな」

侮蔑の眼差しを向けながら、それでもノーランはポケットから金貨三枚を取り出す。

「店主、前金にこれを預ける。だから残りの支払いは来月まで待って欲しい」

すると店主は深いため息を漏らして、恩着せがましくリリィローズに告げた。

「仕方ないですね。こちらの旦那に免じて店頭には出さずにおきましょう。ただし、さすがにひと月は待てませんよ。二週間で手を打ちましょう」

そのあいだに代金を用意すれば、あの写真を手に入れることができる。

リリィローズは思わず顔を綻ばせた。

「ただし、お嬢さん。二週間待っても取りに来ない場合は、宝石箱を店頭に出して、手付金もうちがもらいますよ」

「わかったわ。二週間以内に必ず取りにきます。だからそれまで宝石箱は預かっていてください」

店主と約束を交わすと、リリィローズは意気揚々《ようよう》と店をでた。

「ありがとう、ノーラン。お金は屋敷に戻ったらすぐに返すわね」

リリィローズがお礼を告げても、ノーランは鼻白んだ様子で返事をしようともしない。

きっと言いつけどおり外で待っていなかったから怒っているのだろう。

会話のないまま辻馬車を拾って屋敷に戻ると、リリィローズはいったん自分の部屋に入り、小一時間ほどしてからノーランの部屋を訪ねた。

「なんの用だ？」

男はまだ機嫌が直っていないらしい。ぞんざいな態度でリリィローズに視線をくれた。

「このドレスをお金に換えてきてもらえないかしら？」

「まさか、宝石箱のために俺を使い走りにするつもりか？」

「だって、ノーランは屋敷の不要品を売るとき協力してくれたでしょ。それにこれを売ってくれなきゃ貴方にお金を返せないわ」

リリィローズは両手に抱えていたドレスや小物類をひとまず彼のベッドの上に広げた。

「……君は、そのドレスが本当に売れると思っているのか？」

「ええ、金貨十枚には足りないかしら？」

男はドレスに一瞥をくれると、リリィローズに言った。

「ほかはないのか？」

「そんなこと言われても……」

リリィローズは同じ年頃の令嬢たちに比べると、もとから物欲がない。これでも売れそうなものばかりかき集めてきたつもりだ。

「宝石があるだろ？」

「あるにはあるけど、わたしが持っているのはお母様の遺品か、お父様から贈られたものだけなの。想い出の品は売りに出せないわ」

だからなくても困らない、舞踏会用のドレスや小物類をどっさり抱えてきたのだ。

ノーランは渋面を作ると、頭に手をやって深いため息をついた。

「それを全部買い取らせても、金貨一枚になるかどうか怪しいところだな」

「え、たったそれだけ？」

自分を騙すつもりではないか。リリィローズの疑いの目を感じたのか、ノーランが素っ気なく言った。

「貴族の衣装はオーダーメイドだろ？　つまり君以外、そのドレスを着こなせる人間がいないわけだ」

「あ……」

「生地は上等だからほかのものに転用するとしても、加工するのには手間暇がかかる。そういった諸経費を差し引けば手もとに残るのはほんのわずかだ。それに舞踏会に出席するような令嬢が、よその令嬢の古着を着たいと思うのか？　もとの持ち主に出くわしたら大恥をかくことになるんだぞ」

たしかにそんなリスクを冒《おか》してまで古着を身に着けたがる酔狂《すいきょう》な令嬢はいないだろう。

「需要がなければ商売は成り立たない。このドレスに幾らかけたか知らないが、売り物としての価値は皆無だ」

ただでさえリリィローズは、細く締まったウェストをしている。社交界に出入りできる限られた令嬢や婦人たちの中から、似たような体型の持ち主を探し出すだけでも至難の業だろう。

「そんな浅はかな考えで、君はあの店で俺に金を払わせたのか？　どうやって借りた金を返すつもりだ？」

たたみかけてくる言葉にリリィローズは青ざめた。

あの宝石箱を買い戻すには金貨十枚が必要だ。それなのに借りた金を返すあてもない。この状況で、どうやって二週間以内に買い戻すことができるだろう。

「このままだと、あの宝石箱が手に入らないわ」

落胆をあらわにすると、男が冷たく言い放つ。

「そのとおり。呆れた物欲だな」

写真のことを知らないノーランから見れば、悠長に買い物をしたがるリリィローズの神経が信じられないのだろう。

「そうまでして手に入れたいのか？」

「ええ、そうよ」

どんなに蔑《さげす》まれようと諦めるつもりはない。

家族三人で撮った、一番幸せだった頃の写真。リリィローズはどうしてもあの写真を手に入れたかった。

そのためなら暖炉掃除を何十回としてもいい。

リリィローズは切羽詰まった表情で男を見つめた。

折しも黄昏時《たそがれどき》で、ノーランの肩越しに傾きかけた陽が見える。あと一、二時間もすれば外は夕闇に包まれるだろう。

時は刻々と過ぎていく。つまりは宝石箱が人手に渡る時間も迫っているということだ。

「ノーラン、お願いがあるの」

決意を秘めた眼差しを、ノーランが訝しげに凝視する。

「これまで以上に貴方のメイドとして働くから、わたしに給金を支払ってもらえないかしら」

「給金だと？　まさか二週間で金貨十枚を寄こせと言うつもりじゃないだろうな」

「ええ、そのまさかよ」

「冗談じゃない」

男にすげなく断られ、リリィローズはわずかに目を見開く。

「どうしてだめなの？　ちゃんと働くと言っているのよ」

するとノーランは深いため息をついて、世間知らずな令嬢に言って聞かせる。

「いいか？　金貨十枚といえばこの屋敷のメイドが一年間休むことなく働いてようやく得られる金額なんだぞ」

「え、一年……」

恥を忍んで頼んでみたが、それはどうやらあまりに常識はずれな要求だったらしい。

「大嫌いな俺にわざわざ頼み込んで、さらに恥の上塗りをしたな。支払った手付金のぶんはもちろん働いて返してもらうが、あの宝石箱を手に入れるのは諦めることだな」

「嫌よ。諦めるなんて、そんな……」

あの写真を目にしたとき、どうしても手もとに置きたいという強い衝動に駆られた。普段なら立ち寄らないような場所であの写真に巡り合ったのもなにかの運命としか思えない。

「あの宝石箱は絶対に手に入れるわ」

「君はいまの状況がわかっているのか？」

頑なに言い張るリリィローズにノーランが呆れた声を出す。

「この前まで、まともな食事もできなかったくらい生活がひっ迫していたんだぞ。そんな状況で、いまさら壊れた宝石箱を手に入れてどうなる？」

「だって、あの宝石箱はもともとこの屋敷にあったものなの。壊れていたせいで、手違いで売りに出されただけだわ。だからなんとしても取り戻したいの」

勢い込んで語るリリィローズに男はひどく醒めた視線を送る。

「失望したよ、リリィローズ。君はほかの令嬢たちと違って、少しはましだと思っていたけど。よりにもよって宝石箱？　はっ、馬鹿馬鹿しい」

「た、たしかに貴方にとってはなんの価値もない物かもしれないわ。でも、わたしにとってあの宝石箱は想い出の詰まった大切な宝物なの！」

ここまでむきになってしまうのは、ラッセル伯爵の不在が影響しているからだ。リリィローズは父の不在を目に見えないものでなく、形のある物で無意識に補おうとしていたのだ。

リリィローズの心は自分が思う以上に疲弊していた。そばで支えてくれるはずの執事は倒れ、それでもこの屋敷に留まり続け、いつとも知れぬラッセル伯爵の帰りを待たなければならない。

領地の本邸にはそれぞれの肖像画や写真が置かれていたが、別邸のローズハウスにはそういった類いのものがなにひとつない。だから必要以上にあの写真に固執してしまう。

「だったら給金でなくても構わないわ。お父様が戻るまでのあいだ、わたしにお金を貸してもらえないかしら？」

するとノーランは意地の悪い笑みを浮かべ、すかさず弱みにつけ込んだ。

「だったら君の権利書を渡してもらおうか。それなら考えないこともない」

「金貨十枚に屋敷の権利書をつけろというの？　いくらなんでも横暴だわ！」

男の底意地の悪さは健在だ。

少しは見直そうと思っていたのに、かえって失望を招いてしまう。

リリィローズがきつく睨むと、ノーランはにやりと笑った。

「それじゃあ、こうしよう。売るのが無理なら、ここを貸してくれないか」

「貸すって……なにを考えているの？」

ノーランはにっこり微笑んだ。

「じつはとある商談のために晩餐会を開こうと考えているんだ。その会場として一階の食堂と居間を貸して欲しい」

「そんなこと言って、また女の人でも連れ込む気じゃないの？」

「まさか……」

男はすぐに否定したが、奇妙な申し出にリリィローズは警戒心を露わにする。

「招待するのは商談相手の男四人だけだ。ついでに君は俺のメイドとして、彼らに給仕をしてもらう」

「い、嫌よ！」

リリィローズは慌てて首を横に振った。

「メイド姿で人前に出て、もしもここの娘と知れたらそれこそ大変じゃない」

「また体面か？」

呆れたように、男が肩を竦めてみせる。

「安心しろ。招待客はすべて資本家連中で、貴族階級じゃない。貴族と取り引きはしても、やつらの中に社交界に出入りしているような人間はいない。君から正体をばらさなければ、彼らもまさか令嬢がメイドをしているとは思わないだろう」

　それでもリリィローズが迷いを見せていると、ノーランが蔑みの目でたたみかけてきた。

「あれも嫌これも嫌。だったら借りた金をどうやって返す気だ？　俺からは借りも施しも受けたくないと言ったのは誰だったかな？」

「……っ」

　たしかにいまのリリィローズができることと言えばメイドとして働くことくらいだろう。ノーランには、貴族という身分も令嬢という立場も一切通じないのだから。

「料理は俺が用意するから、君は晩餐会の支度と給仕をしろ。俺に協力するなら手付金は返さなくていい」

　リリィローズははっと目を見開いた。

　それなら残りは金貨七枚だ。いまはまだ名案が浮かばないが、どうにかすれば残りの金貨も用意できるかもしれない。

「どうするリリィローズ？　すべて君次第だ」

「わかったわ」

　欲しいという気持ちが先走るから、深く考えるより先に声が出た。

　写真を手に入れるまでまだ半分以上も代金が足りないが、それでも買い取れる可能性が高まったことには違いない。

「君がどこまでやれるか見ものだな」

一見すると人畜無害そうな笑顔の持ち主は意味ありげに笑うと、リリィローズにドレスを持たせて追い出すようにドアを閉じた。


その翌日から、リリィローズは晩餐会の支度に追われていた。

明日には招待客を迎えなければならないので、玄関やエントランス、それに食堂と居間の掃除を済ませる。もちろんノーランが食事をするあいだに彼の部屋の掃除も終わらせた。

ときどきノーランが高みの見物と称して働くリリィローズを冷やかしに来たが、そんなことに構っている暇はない。

リリィローズは皮肉やからかいを一切無視して、懸命に働き続けた。

その合間に、執事の様子を見に行くことも忘れない。

まともな食事をしばらくとっていなかったせいか、執事の体調はかんばしくなかった。

それでも少しずつ回復の兆しが見えてくるとリリィローズはほっと胸を撫で下ろした。

晩餐会が行われることはノーランから知らされているようで、リリィローズは執事から招待客が帰るまで自分の部屋に閉じこもっているようにと注意を受けた。

まさか当日、リリィローズが給仕を務めるとは夢にも思っていないだろう。

夜になって夕食を食べ終わる頃には、慣れない仕事でくたくたになっていたが、ノーランの手前弱みを見せることはできない。でなければ、また足もとを見られてしつこく屋敷の売却を迫られることになる。

リリィローズは食堂の片付けを済ますと、晩餐会で使用する銀食器を磨くことにした。五セットぶんのナイフやフォークなどのカトラリーをクロスで丁寧に磨いていく。

「痛……っ」

けれど作業を始めて間もなく、リリィローズの手のひらが悲鳴を上げた。

慣れない力仕事のせいで、まめが水ぶくれになっていたのだ。クロスがそこに擦れるとずきずきと痛みが走る。滲出液《しんしゅつ》を蓄えたまめは、なにかがちょっと触れただけで鈍く疼《うず》く。

労働を知らない体はすでに限界を超えていた。体の節々は強ばり、疲労は日増しに蓄積されていく。

「大丈夫、これもお父様が戻るまでの辛抱よ」

そう自分に言い聞かせ、次に磨くディナースプーンを手に取ろうとしたとき、誰かに手首を摑まれた。

「う……っ」

運悪くディナースプーンの柄がまめにぶつかり痛みに顔が歪む。

「まめができたんだろう？　そのままにしておくから余計に痛むんだ」

椅子に腰かけたまま摑み上げられた腕を仰ぎ見ると、ノーランの手に長い縫《ぬ》い針の先が見えた。

「ど、どうしてそんなものを持っているの？」

黒く焼かれた先端に、不安と怯えが押し寄せる。

「安心しろ、ちゃんと火とアルコールで消毒してある」

ノーランはそう言い放ったかと思うと、摑んでいたリリィローズの手のひらにいきなり針の先端を突き立てた。

「や……っ」

思わず目を閉じ、痛みの衝撃に備える。

怖くて男の腕を振り払うこともできず、リリィローズは身を硬くした。

「じっとしていろ。痛くはないはずだ」

男の言葉にわずかに緊張を解くと、たしかに針が刺さった感触も痛みも感じない。

それでも目蓋を閉じていると、手のひらに水で濡れたような感覚が広がった。

「こうやって針で突いて、中の液を出して乾燥させたほうが治りが早いんだ」

どうやらノーランはまめの手当てをしてくれているらしい。

だからといって、急に針を持ち出してくるのもどうかと思う。

ふい打ちで与えられた手荒な扱いと、そこに見え隠れするやさしい気づかいにリリィローズは複雑な思いを抱えた。

「この先は少し痛むぞ。我慢しろよ」

「わ、わかったわ」

目を閉じたまま耐えていると、消毒液を浸した布で手のひらを拭かれる。まめを針で突

かれたときよりは痛みを感じるが、それでも我慢できないほどではない。

必要以上に痛みを与えないよう彼が注意深く手当てしてくれているのが、目を閉じていても気配で伝わってくる。

「終わったぞ」

その言葉にようやく目蓋を開くと、穏やかな暗褐色の瞳にじっと顔を覗き込まれた。

「な、なによ」

急にノーランと目が合って、なぜだかひどく動揺してしまう。

それを隠そうと俯こうとした瞬間、ふいに下顎を持ち上げられた。

「な……」

声を上げる前に、上からキスで追い込まれる。

焦って逃げようとすると、手で顎を固定されて、次のキスが仕掛けられるから逃げるに逃げられない。

「ふ、……ぁ……」

耳に届くのは、自分が漏らした吐息と早鐘を打つ鼓動だけ。

「……ん……っ……ぁ……」

男の深いキスに吐ききれない息が喉に詰まって、それが甘いため息となって外に零れる。

そのまま戯れに舌を絡められると、湿った音がして口腔を余すところなく濡らしていく。

「あ……っ」

やがて男の唇が静かに去っていくと、間近で光輝を宿した瞳が悪戯っぽく細められた。

「これで泣かずに済んだだろう？　金もない相手に手当ての請求はできないからな。報酬は君のキスで我慢しておいてやる」

「だ、誰も手当てしてくれなんて頼んでいないわ！」

恥じらいから頬を染めたリリィローズを見て、ノーランは声を上げて笑うと、それ以上怒りを買う前に素早くドアの向こうに姿を消した。

「最低の男だわ」

手の甲で唇を拭いながら悪態をついてみるものの、その勢いは次第に尻すぼみになる。

ノーランの手当てのおかげで、そこからの作業は驚くほどはかどったからだ。潰れためは痛みが少なく、なにより擦れてひやりとする瞬間が減った。

すべての銀食器を拭き終えテーブルにセットする頃には、ノーランに対する怒りもおさまり、少しだけ冷静になって男がとった行動のわけを理解できるようになる。

リリィローズが痛みと恐怖で泣きそうな顔をしたから、あんなことをして気を紛らわそうとしたのだ。

だとしても、もっとほかに方法がありそうなものだけど。

ノーランの行動を親切ととればよいのか、いつもの意地悪の延長とみなせばいいのかわからない。ただひとつわかったのは、彼が根っからの悪人ではないということだ。

「そういえば、手当てのお礼をまだ言っていなかったわ……」

同じ屋根の下で、いがみ合ったまま生活を続けるのは精神的な負担が大きい。

男が屋敷に住み着いてからというもの、ラッセル伯爵の心配だけでなく、余計な問題や不安まで抱え込んでしまうことになったが、慣れない労働からいまは悪夢を見る暇もなくベッドに倒れ込むことが多くなった。

まさかそこまで考えてノーランが自分をこき使っているとは思わないが、彼を穏便に追い出すためにも、もう少し、ほんのちょっとだけ、態度を軟化してもいいのかもしれない。

リリィローズがそう思い直した頃、晩餐会の夜が訪れた。

メイド姿のリリィローズが食堂に出迎えたのは三人の男たちだ。

招待客は全部で四人と聞いていたが、どうやらひとりは遅れているらしい。

男たちは三人とも上等なスーツを身につけていたが、無理に正装してきたようでどこか粗野な印象が拭いきれない。

遅れている客を待たずに晩餐会が始まると、リリィローズはノーランが用意した料理を温め直して男たちに給仕した。

「ところでノーラン。ここは貴族のお屋敷だろ？　どうして君がこんな場所で晩餐会を開くことができたんだ？」

食事が始まって間もなく、にやけ顔の男がノーランに話を振ってきた。

自分に問われたわけでもないのに、リリィローズの頬が引き攣《つ》っていく。

メイド姿のリリィローズは壁際に控えながら、事の成り行きをはらはらしながら見守っていた。

「じつはこの前招待された舞踏会で、こちらのご令嬢と親しくなってね。しばらく留守にされるというので、一晩だけこちらの食堂をお借りすることになったんだ」

「親しくだって？」

にやけ顔の男がさらに眦《まなじり》を下げる。

「色男のノーランのことだ。もちろんベッドの中まで親しいお付き合いしてるんだろ？」

その言葉を受けて、隣にいた片眼鏡《モノクル》の男までやにさがった。

「得だねえ、色男は。俺も一度でいいからとり澄ました貴族の女を抱いてみたいもんだ」

あまりに下品な男たちの発言にリリィローズは耳を塞ぎたくなる。

いったいこの男たちはどんな商売をしているのだろう。

「それで？　実際のところはどうなんだ？　ここのお嬢様にはもう手を出したのか？」

休む間もなく料理を口に運んでいた小太りの男が、口についたグレービーソースを舌で舐め取りつつ、興味津々といった様子で身を乗り出してきた。

「さあ、どうだろうね」

驕りの滲みでたノーランと目が合って、リリィローズはぷいっと顔を背ける。

それを見た彼は思わずといった様子で、くっと喉を鳴らした。

「どうしたんだ、ノーラン。急に笑いだしたりして」

「いや、なんでもない、気にしないでくれ。ちょっと思い出し笑いをしただけだ」

これも金貨三枚のためと、リリィローズは胸のうちで呪文のように唱えながら、なんとか最後まで給仕をつとめあげた。

食事が終われば男たちは居間に移り、酒を飲みながら商談に入る予定らしい。

「今夜のために年代物のスコッチとブランデーを用意してある。遠慮なく飲んでくれ」

ノーランから上等の酒があると知らされ、男たちは喜々として居間へ移り始める。

これで役目も終わったと、リリィローズがほっとしながらデザートと紅茶のカップを片付けているとノーランが近づいてきた。

「ここは後にして、俺の部屋に置いてあるドレスに着替えたら、居間で酒の給仕をしてくれ」

「ドレス？　まさか、まだこき使うつもりなの？」

「当然だ。君は給仕だけで俺から金貨を三枚もふんだくる気か？　図々しいやつだな」

「貴方にだけはそんなこと言われたくないわ！」

少しは友好的に振る舞おうと思っていたのに、この調子ではやさしくするどころか感情を波立たせずにいることさえ難しい。

「部屋に置いてあるドレスは俺の知人が作ったものだ。いまからそれを披露して、あいつらに買い取らせる必要がある。今回の晩餐会の目的はそれだ。わかったら早く着替えて下りてこい」

ノーランはそれだけを言い残すと、さっさと男たちのところへ行ってしまう。

「まったく人使いが荒いんだから」

仕方なく男の部屋に入ると、ベッドの上に赤いリボン付きの大きな箱が置かれていた。

「どんなドレスかしら？」

好奇心に駆られながらリボンを解いて蓋を開ける。

するとそこには赤い薄地の絹《シルク》に同色のレースが施されたドレスと、それに合わせてデザインされた靴がおさめられていた。

「なにこれ……胸もとは開きすぎているし、生地が薄いから体の線が丸見えじゃない。ドレスというより夜着だわ」

体の線に沿うような際どいデザインのドレスを手にとってみると、その下から黒のガーターとタイツが現れた。

おまけにご丁寧にカードまで添えてある。

訝しく思いながらリリィローズがカードを開くと、

『――君がこれを着て居間に下りてくるなら、金貨三枚は君のものだ。ちなみにそのドレスを着るのなら、野暮なドロワーズは穿かないことだな。』

「……それじゃあ、下着をつけずに人前に出ろということなの？」

屈辱のあまり気が遠くなってくる。

こんな男にわずかでも歩み寄ろうとした自分が愚かしい。

「やっぱりノーランは意地悪で下品で悪趣味極まりない男だわ！」

おそらく男はリリィローズが着替えてこないと踏んでいる。最初から手付金を帳消しにするつもりなどなかったのだ。

勝ち誇った顔で、屋敷を売れと迫ってくる男の姿が脳裏にちらつく。

「そうはいくものですか」

挑戦状を叩きつけられたのなら、それを受けて立つ覚悟はある。

羞恥心の前にノーランに対する怒りと対抗心がふつふつと湧いてきていた。

リリィローズが薄絹《チュール》ドレスにガウンを羽織っただけの格好で現れると、居間にいた男たちが全員驚きに目を瞠った。

中でも一番呆気に取られていたのがノーランだった。

唖然とする顔を見て、リリィローズは少しだけ溜飲《りゅういん》が下がる思いがした。

どうやらこの勝負はリリィローズの勝ちらしい。

言いつけどおり、というよりは薄絹ドレスを美しく纏うためにドロワーズは脱いできた。

もちろんガウンを羽織る許可など得てはいないが、そのことを禁止された覚えもない。

少々ズルをした感はあるが、これくらいは大目に見てもらって構わないはずだ。

ノーランを敵にまわすうちに、リリィローズも少しだけ逞《たくま》しくなってきた。

男たちの下卑《げび》た視線は気になるものの、冷静さを装って男たちに給仕してまわる。

絹布ドレスの胸や腰などの際どい部分は、レース飾りで透けないようにデザインされてはいるが、薄い一枚仕立てでは体に纏わりつく部分の肌が透け、視覚にも煽情《せんじょう》的で大胆なデザインになっていた。

おまけにドロワーズを穿いていないので、さっきから冷たい風がじかに足もとから吹きつけてきてなんとも心許ない。

恥知らずな格好をさせるノーランもどうかと思うが、こんな卑猥なドレスをデザインした友人というのもどうかしている。

「こいつはすごい余興だな」

真っ先に興奮してリリィローズにグラスを差し出したのは、にやけ顔の男だった。

「俺に早く酒を注いでくれ」

「かしこまりました」

呼ばれて注ぐあいだ、無遠慮な目がリリィローズの全身に注がれる。

「食堂にいるときは気づかなかったが、このメイド、なかなか良い体をしてるじゃねえか」

舐めるような視線に怖じ気づく。

こんなふうに露骨な欲望の視線を向けられたのは生まれて初めてだ。

にやけ顔の男は熱っぽく目を光らせながらリリィローズの体を食い入るように見つめた。

「こっちにもくれ」

「俺もだ」

リリィローズはにやけ顔の男の視線から逃れるように、片眼鏡の男と小太りの男にも次々に酒を注いでまわる。

「そのドレスが気に入ったのなら、せいぜい高値で買い取ってくれよ。注文があれば何枚でも引き受けるそうだ」

ノーランは浮つく男たちの様子を遠目に見ながら、不機嫌そうにグラスの酒を呷《あお》っていた。

男たちは次々とドレスを注文すると、さっそく値段の交渉を始める。

商談がうまく運んでいるにもかかわらず、ノーランは相変わらず憮然としたままだ。

そんなにわたしがドレスを着て、賭けに勝ったことが悔しいのかしら。

リリィローズがそんなことを考えていると、玄関に誰かが訪れた。

「やっと来たか」

ノーランは立ち上がると、リリィローズのほうを気にかけながら遅れてきた招待客をひとりで迎えにいく。

にやけ顔の男はその隙を狙ったように、リリィローズに近づいてきた。

「あんた、名前は？」

「わたしは……リ、リリィです」

とっさにそう答えると、にやけ顔の男は自分の顎を指でつまんだ。

「リリィか。清純そうな顔をして、こんな大胆な格好をするんだ。さぞかし夜もお盛んなんだろうな」

触れられそうな気配に思わず一歩下がると、にやけ顔の男が苦笑する。

「そう警戒しなくてもいいだろ。じつはあんたに頼みがあってね」

男はポケットから長方形の小さな箱を取り出してきた。

「あそこに小太りの男がいるだろ。俺はこれからあいつに商談を持ちかけようと思うんだが、見てのとおりやつは食い意地が張っていてな」

男はそう言って箱の蓋を開けると、チョコレートの粒を三つ見せた。

「まずはあんたに味見してもらって美味いかどうか意見が知りたいんだ。チョコレートを食べて喜ぶのは、ほとんどが若い女だからな」

なにが面白いのか、さっきからしきりとにやけ顔の男は笑みを振りまいている。

いつもであれば断るところだが、いまは早く男に立ち去って欲しくて、リリィローズは勧められるままチョコレートをつまんで口にした。

「どうだい、味は？」

お世辞にも美味いとは思えない。苦みのような後味が舌に残る。

「……もう少し甘くしたほうが女性には喜ばれると思います」

リリィローズが感想を伝えると、男がまた箱を差し出してきた。

「その意見を参考に、次の試作品を作らせるよ。ほら遠慮しないで、もうひとつどうだ？」

何度も断ったが、男はしつこく勧めてくる。仕方なくもう一粒口にすると、ようやく男はリリィローズから離れ、ほかの男たちの会話に入っていった。

そこに大きくドアが開いて、ノーランと似た背格好の青年があとに続くように入ってくる。

「君たちの中で、誰かこの男のことを知っているか？」

ノーランに指を差された青年は、被っていたボーラーハットを脱ぐと、急いで自己紹介した。

「僕はロバート・レイ。地方で弁護士をしています。今夜はここに来るはずだったバーニーの代理人としてきました」

礼儀上、その場にいた男たちもロバートに名乗ったが、誰ひとり彼を知る者はいなかった。

「ご覧のとおり君を知る者は誰もいないようだ。バーニーから連絡を受けていない以上、君にはお引き取り願うしかないな」

「そんな……」

ロバートはこの場に留まる言い訳を探しているようだったが、彼を引き止めようとする者は誰もいない。

それになぜか、居間に入ってきたときからロバートの視線がリリィローズにばかり突き刺さる。

不思議に思っていると、ノーランも同じような疑問を感じたらしい。

「さっきから俺のメイドばかり見ているが、なにか用なのか？」

「え、メイド？　その方はメイドなんですか？」

ロバートが驚きの声を上げると、にやけ顔の男が茶化すように言った。

「ははっ！　田舎弁護士だと、街の女の顔がやけに垢抜けて見えるんだろうな。まあ、こんな上玉のメイドがいるのもめずらしいが、街の女の味が知りたきゃこの男の店を紹介してやるぜ。なんたってこの男はローウッドで一、二を争う娼館のオーナー様だからな」

紹介された小太りの男は、ロバートに興味なさそうに酒ばかり飲んでいる。

ロバートは娼館と聞いてさっと頬を赤らめた。

「い、いいえ、僕は結構です」

どうやら彼だけがまともな神経をしているらしい。

「話が済んだのなら、君には帰ってもらおうか。彼を玄関までお連れしろ」

「かしこまりました」

リリィローズが玄関まで見送ると、ロバートはなぜか立ち止まったままリリィローズをじっと見すえた。

「あの、僕たちは以前にもお会いしましたよね？」

「え？」

言われて青年の純朴そうな顔をまじまじと見つめたが、その顔にまったく心当たりがない。そもそも貴族階級でなければ出会う機会もないだろう。

「どなたかとお間違いではございませんか？」

「いいえ、貴女は舞踏会の夜、ダンスを誘った僕に足を痛めたとおっしゃったはずです」

「あ……！」

言われてみると、誠実そうな雰囲気とはにかんだ笑顔にはかすかに見覚えがあった。着慣れないテイルコート姿でリリィローズをダンスに誘った男だ。まさかこんなところで会うなんて思ってもみなかった。

リリィローズはとっさに背中を向けると、ロバートから顔を隠した。

ラッセル家の一人娘が、こんなはしたない格好でいると知られたら大変なことになる。

「ロ、ロバート様は誤解されております。わたしはノーラン様付きのただのメイドです」

「いいえ、そんなはずはない！」

ロバートはリリィローズの腕を掴むと、体を反転させてその顔を正面から見つめた。

少しくすんだブロンドの髪に榛色《はしばみ》した瞳は確信に満ちている。

「貴女はたしかにリリィローズ嬢だ」

どうしよう、こんなところで正体がばれてしまうなんて。

顔からすっと血の気が引く音がした。

「なぜ伯爵令嬢である貴女がこんな格好でノーランのメイドなどと名乗っているのですか？　なにか深いわけがあるのでしょう？」

問い詰めるロバートの声は正義感にあふれている。

「い、いいえ、本当に人違いです」

「もしやあの男になにか弱みでも握られているのですか？」

「……っ」

はっと息を呑むと、ロバートの口からため息が漏れる。

「やっぱり……。あの男のよくない噂は僕も耳にしています」

「よくない噂？」

思わず聞き返すと、ロバートが同情する声で告げた。

「ノーランという男はランサスでも貴族階級のご婦人や令嬢方に近づき、その金やコネを利用して一財産築いたそうです。きっとイルビオンでも同じ手口で一儲けしようと企んでいるに違いありません」

人好きするようなノーランの笑顔の裏には、そんな悪辣《あくらつ》な本性が潜んでいるのか。改めて知らされると、これまで受けてきた仕打ちや彼の行動のつじつまも合う気がする。

「彼を信じてはいけません。一刻も早くあの男を遠ざけるのです」

「そんなことを言われても……」

リリィローズも追い出したいのは山々だが、居座り続けるノーランを追い出すことは容易ではない。それができればとっくに追い出している頃だ。

「貴女はヤドリギをご存知ですよね？」

唐突に問われ、リリィローズは「ええ」と小さく相槌《あいづち》を打つ。

ヤドリギはイルビオンでもよく見かける植物だ。イルビオンの祝祭の晩、ヤドリギの下に男女が居合わせるとそのときだけは人前でキスすることを許された。

「あの植物はもともと『宿り木』と呼ばれ、ほかの大木にとりつくことで、宿主となった大樹から養分を吸い取って生きているんです。そんな寄生植物の中にはヤドリギのように相手と共生するのではなく、宿主の養分をすべて吸い取り、完全に枯らしてしまう怖ろしい種類もいます。ノーランはまさしく寄生植物のような男なのです」

リリィローズはぞっとして、自分の体を腕に抱きしめた。

たしかにノーランは逃れられないような状況にリリィローズを追い込み、じわじわと弄《もてあそ》ぶようなところがある。

いずれ男は自分から屋敷を奪っていくつもりなのだろうか。

「わたしは……どうすればいいの？」

親切に忠告してくれた男に思わず尋ねると、ロバートはほっそりしたリリィローズの肩に手を置いて力強い声を発した。

「今夜は時間がありません。近いうちに屋敷から見えるところに白い布を結びつけておきます。その合図を見かけたら、夜の九時頃に中庭まで出てきてください。僕が必ず、リリィローズ嬢のお力になります」

「ありがとう、ロバートさん」

「どうかロバートとお呼びください」

騎士が誓いを立てるように、ロバートがうやうやしく白い手の甲にキスをする。手袋なしに男性からキスされたのはこれで二度目だ。

ロバートはボーラーハットを被り直すと、名残惜しそうにリリィローズを振り返りながら屋敷から出て行く。

思いがけない味方が現れて嬉しい反面、一抹の不安もよぎる。

出会ったばかりのロバートを信用してもいいのだろうか。

かつてのリリィローズならそんな疑問を抱かなかっただろう。けれど、ノーランが現れて、人は見かけどおりとは限らないということを教えられた。

だからといって頭ごなしに疑ってかかるのも気が引ける。

ただ、ノーランとロバート、どちらを信用できないかと聞かれれば間違いなくノーランと答えるだろう。

リリィローズは流れ込む夜気に身震いすると、急いでドアを閉め、居間に戻ろうとした。

すると、突然背後から口を塞がれて、玄関脇にあるクロークのなかへ引きずり込まれた。

「あの田舎弁護士と、ずいぶん親しそうに話をしていたじゃねえか」

首だけを振り向けると、にやけ顔の男が目を血走らせてリリィローズを見下ろしていた。

「んんっ！」

悲鳴を上げようとするが、口を塞がれているせいで、くぐもった声しか出てこない。

クロークは客から預かったコートや荷物を預かって置く場所なので、大人ふたりが立つのがやっとの広さだ。

「そろそろチョコレートが効いて、お前の体も疼きだしてきた頃だろ？」

この男はなにを言っているのだろう。

聞き返したいのに、節くれ立った指に邪魔されて鼻から息をするので精いっぱいだ。

「ふぅ……うう……っ」

言葉にならない声で放してと訴えていると、男は小さく笑った。

「あれはな、娼館に卸すための特製のチョコレートだ。一粒で快楽、二粒で絶頂、三粒だと……」

そこまで言いかけて、口を塞いでいないほうの手で男が自分のポケットを探る。そうして箱から最後の一粒を取り出すと、無理やりリリィローズの口に押し込んできた。

「んー……っ」

飲み込むまいとしているのに、口内の熱で舌にほろ苦い味が広がる。

溶けたチョコレートは喉の奥へと流れ込み、あっという間にリリィローズの胃の腑へおさまってしまった。

「へへ。たっぷり可愛がってやるから、いくらでも貪婪《どんらん》に乱れるといい」

男の指が芋虫のようにリリィローズの柔肌の上を這っていく。

「使用人のくせに、なんてきめ細かい肌をしていやがる。手に吸いつくみてえじゃねえか」

薄絹越しに胸を弄られ、激しい嫌悪感に襲われる。

「う、ぅ」

「大人しくしろ」

抵抗するとますますきつく体を締めつけられる。

早く逃げないと……。

焦りが心臓にも伝わるのか、異様なほど鼓動が速くなっていく。すると体の奥がじんわりと熱を持ち、それがじわじわ肌の下まで迫ってくる。

なんだか体がおかしい。

異変を感じたリリィローズは焦燥に陥る。

「んんんっ」

男から逃れようと暴れているうちに、肩からガウンと薄絹ドレスがずり落ちる。

そうなると白くやわらかな胸もとが露わになりかけて、リリィローズはとっさに抵抗を止めた。

するといつの間にか張り詰めていた胸先にかろうじて薄絹の布が引っかかり、すんでのところで男に胸をさらさずに済んだ。

「へへっ、お前もその気になったらしいな」

その姿が男の劣情を刺激したのか、リリィローズの耳もとでごくりと喉が鳴る音がした。

「お望みどおりいますぐブチ込んでやるからな」

かちゃかちゃとベルトを外す音がする。

腰のあたりに、なにか硬いものが擦りつけられた。その正体が見えないだけに、全身が竦みあがる。

「んん～……っ！」

恐怖に身を硬くしていると、突然クロークのドアが開かれた。

「おや、せっかくのお楽しみを邪魔したかな？」

場違いなほど飄々とした声に、慌てて男がリリィローズから距離を取る。

「悪いけどここは淫売宿じゃないんだ。そういうことは遠慮してもらえるかな」

どこかで耳にしたような台詞を吐き、ノーランが朗らかに微笑む。けれどその目はぞっとするほど冷ややかだった。

「ち、違うんだ、これは……その女から誘われただけなんだ。ほらよ、約束の金だ」

男はぞんざいに取り出した銀貨をリリィローズに投げて寄こす。

数枚の銀貨はちゃりんと音を立てて床の上を転がった。

「な……っ」

リリィローズは反論しかけたが、感情が一気に高まったせいか眩暈《めまい》がしてその場にへなへなとしゃがみ込んだ。見ようによっては銀貨を拾いかけたようにも見える。

こんなときに貧血を起こすなんて。

リリィローズが床に手をつき体を支えていると、頭上で冷淡な声がした。

「全員そろわないことだし、今夜の商談はお開きにしよう。君のせいで俺のメイドは使いものにならないようだし、荷物を運ぶのを手伝ってもらえるかな？」

ノーランがにやけ顔の男に問いかける。とても穏やかな口調だが、そこには有無を言わさぬ響きがあり、かえって静かな怒りを感じた。にやけ顔の男はそこにあった荷物を慌てかき集める。

「いや、いい。俺が全部運ぶよ」

そう言って逃げるようにノーランの脇をすり抜けると、エントランスにちょうど出てきたふたりと合流して、急いで玄関から出て行ってしまった。

窮地を脱してリリィローズが安堵していると、目の前に男の手が差し出されていた。

「ありがとう」

礼を言いながらその手を取ろうとすると、彼の視線が侮蔑に満ちていることに気づく。

「まさか君が、金欲しさから、男を誘う女だとは思わなかったよ」

「そんな、誤解だわ……っ」

リリィローズは摑みかけた手を止めて、ノーランを見上げた。

「じゃあ、床に転がっている銀貨はどう説明する？」

「これはあの男が勝手に……」

説明の途中でロバートの言葉を思い出し、リリィローズは差し出されていた男の手を払いのけた。

油断してはだめだ。こんな目に遭ったのも、もとはといえば得体の知れない男たちをノーランが屋敷に招いたことが原因なのだ。

しかしさっきから体の奥が熱くてどうにかなってしまいそうだ。

「そこを退いてちょうだい。貴方の手なんて借りたくないわ」

ひとりで立ち上がろうとして、すぐにふらついてノーランに体を支えられる。

「さ、触らないで！」

押し退けるようにして男から離れると、壁に手をつくようにして体を支えた。

ノーランに触れられた場所が妙にひりつく。肌が擦れただけで声を上げてしまいそうになる。

「やけに体が熱いな。途中で邪魔に入られて体の火照りがおさまらないのか？」

リリィローズは男を睨んだが、その瞳は熱っぽく潤んでいた。

「そんなに金が欲しいなら、俺が相手してやるよ」

「ん……っ」

いきなり顔が迫り、壁に押しつけるようにして乱暴に唇を奪われる。

「あ……ふ……」

舌で性急に口腔を探られ、苦しい息を紡ぐあいだに男の膝が脚に割り込んできた。下着をつけていないから、秘所をまともに擦られてリリィローズは悲鳴を上げた。

「っ、……いや……ぁ……」

抵抗の声は言葉になりきる前に、吐息ごと奪われてしまう。

「君は銀貨三枚で、あの男にどんなサービスをするつもりだったんだ？」

容赦なく口腔を犯す勢いは、欲望というより怒りに近い。

「そんなのし……っ」

言葉の途中でまた唇が重なった。

息苦しさから胸を大きく上下させていると、ノーランの指が首筋から胸もとへ線を描くように移動する。

「ひ……っ」

「あいつにどこまで触らせたんだ？」

「そんなの……して、ない……わ……」

「ふうん。なんの経験もなしに、平気な顔でそのドレスを着たっていうのか？」

なぜここでドレスのことを蒸し返すのだろう。そういえばノーランは、リリィローズが薄絹のドレスを着て居間に現れたときから不機嫌にしていた。

「そんな格好をあいつらに見せるからだ」

まるでリリィローズに非があると言わんばかりだ。そんなに嫌がらせに失敗したことが気に食わないのだろうか。

「しょせん貴族の結婚は家同士の繋がりだ。だから令嬢たちも割り切って、結婚前に秘密の恋人を作る。君の場合はレイナルドがそうなんだろう？」

またノーランの話が飛躍する。

「違うわ、わたしとレイはただの……」

幼なじみと説明しかけて、リリィローズはとっさに口をつぐむ。

男が狙っているのはこの屋敷だ。きっといまもいろいろと探りを入れて、自分の交渉を有利にしようとリリィローズの弱味を探しているに違いない。

「貴方に話すことなんかないわ。わたしのことは放っておいて」

一方的に話を切り上げて男の体を押し退けようとすると、ふいに胸の柔肉をぎゅっと摑まれた。

「ぅ……っ」

「正直に言わないなら、君の体に聞くまでだ」

「なっ……」

寄せ上げるように胸を揉みしだかれ、体がびくっと反応する。

「ずいぶん反応が良いじゃないか。この前とは大違いだな。俺は嫌いでも、あのスケベ親父は気に入ったのか？」

怒ったように吐き捨てて、指に力が込められる。

「ひ、あっ」

五指のあいだから柔肉がわずかにはみ出す。その感触を弄ぶように、ノーランはゆるゆると手で胸を捏ねながら、指の腹で尖りきった先端を舐め、苛み始めた。

「やっ……そこ……、触らないで……」

やはり体がおかしい。

「嫌がるわりに、さっきから俺に体を押しつけてきてるじゃないか。俺の誘いには乗らないくせに、金を出せばその気になるのか？」

「ち、ちが……あぁ……」

漏らす声が妙に艶めく。覚えのない快感が腰を伝い、太腿が震えてまともに立っていられない。

「あ、……ぁあ……」

「どうした、リリィローズ？」

さすがにノーランも異変に気づいたのか、リリィローズの顔を覗き込んでくる。

「さ、さっきの人に……無理やり、食べさせられたの」

瞳を潤ませながら、懸命に体の異常を訴える。

「なにを食べたんだ？」

聞き返しておきながら、ノーランはすぐに自分で答えを導き出した。

「まさか、あの男が持ってきたチョコレートを食べたのか？」

小さく頷くと、呆れた声が返ってくる。

「馬鹿なことをしたな、リリィローズ。あれは媚薬入りのチョコレートだぞ」

「媚、薬？　だからさっきから体が熱いの？　わたし……死んでしまうのかしら……」

予想もしない言葉に男はわずかに眉をひそめた。

「死にはしない」

ノーランはリリィローズの体を横抱きにすると、そのままクロークを出て階段を上がっていく。

「……っ……」

その振動すら体を刺激して、リリィローズは思わずノーランの体に抱きついた。

「や、やめ……動かないで……」

「いったい幾つ食べたんだ？」

足を止めずに男が聞き返す。

「ぜ、全部よ」

「……っ」

男が大きく息を呑む。

彼は自分の部屋の階で止まると、そのままリリィローズを客間に連れて行こうとする。

「い、嫌……自分の部屋に帰るわ……」

「その体で、朝までどうする気だ？」

男は器用にドアを開けると、リリィローズをベッドに置いてからドアを閉めにいった。

「は……ぁ……」

熱を帯びた体にベッドカバーの冷たさが心地よい。けれど男の腕に抱かれて、揺さぶられながら階段を上がってきたせいか、体の疼きが先ほどよりもひどくなっている。

よくわからない衝動が腰から衝き上げてきて、リリィローズは白い膝頭を擦り合わせるようにしながらその疼きをやり過ごそうとした。

「仕方ないな。しばらく我慢しろよ」

ノーランは上着とシャツを脱ぎ捨てると、リリィローズの首筋に顔を埋めてきた。

「な……なに……？」

「大人しくしてろ。手当てするだけだ」

「て、あて？」

今度は舌まで痺れてきた。麻痺したように言葉がうまく話せない。

ノーランは薄絹ドレスの肩を二の腕のところまで押し下げながら、つんと凝った乳首に唇を押し当ててきた。

「あ、……や、っら……っ」

唇で吸いつかれ熱い舌で翻弄されると、胸の尖りはますます硬くなって、より敏感になっていく。

「んぁ……」

その顔を払い除けたいのに、ドレスで腕を縛られたようになっているから押し返すことができない。リリィローズが身じろぐたびに男の体に肌が擦れて、それがまた新たな刺激を生み出そうとする。

「っ……ん、ひぃ……」

胸に与えられる甘美な刺激は、背筋から腰骨に落ちてぞくぞくするような疼きを間断なくもたらしていた。

「ここも可愛がってやる」

そう言ってもう片方の胸にむしゃぶりつくと、唾液に濡れたまま置き去りにされたもうひとつの胸の突起を指でそっとつまみ上げた。

「ひぃ、や……あ……っ」

巧みな舌と指先の愛撫に瞬く間に体が反応する。

無意識に内股を閉じようとするが、そこにはすでに男の腰が入り込んでいて、大きく開かれた格好のまま閉じておくこともできない。

「もう……そ、ん……い、ゃあ……」

執拗に胸を弄られて、身動きのとれない状態に怯えが生じる。

けれどノーランは愛撫の手を止めないまま、今度は膝裏に両手を添えると、リリィローズのはだけた脚を自分の肩の上まで持ち上げるようにして太腿の内側にキスまでし始めた。

「う……ぁ……あっ……」

男は少しずつ体勢を変えながら、不埒な唇を脚のあわいへと移動させる。

「ぁ……うぅ」

これまで経験したことのない感覚に眩暈を覚え、ぞくりと腰を震わせる。

淡い下生えの、薔薇のような花唇に熱い吐息とねっとりした舌が触れてきた。

「ひ……っ……」

リリィローズは慌てて脚を下ろそうとしたが、片側のふくらはぎが男の肩に引っかかり脚の狭間を庇うことができない。

「君のここは綺麗な色をしているな。とてもつつましやかだ」

囁きとともに熱い息を送り込まれ、密かに息づく花唇がふるふると震える。

「お、ねが……も……や、……ぁ……あ」

激しい羞恥に息が乱れる。リリィローズは全身を火照らせたまま、脚の狭間で揺れる男の頭を睨みつけようとしたが視界がぼやけてうまく果たせない。

なぜか意識は朦朧としているのに体だけがひどく覚醒して、男の舌が与えるささいな刺激まで取りこぼすまいとしていた。

「もう、やめ……て……」

「やめる？　本当に？　こんなに濡らしてひくついているのに、つらくはないのか？」

からかいを含んだ男の声にリリィローズはきっぱり、否と答えることができない。

体の内側を激しく掻きむしりたいような衝動をつらく苦しいというのなら、いまが最高潮だ。痒くてせつない場所はわかっているのに、自分の手では絶対に届かない。

その歯がゆさと物足りなさに、いまや胎《はら》の奥は身悶えするほどの熱と疼きをともなってリリィローズを激しく苛んだ。

「あ、ノーっ……お、く……」

苦しげに喘ぐと、男が悪戯っぽく微笑みかけてくる。

「わかってる、ここがひどくたまらないんだろう」

ふたたび秘裂に顔を近づけた男は、指でくうっと花唇を押し分けるようにして、その奥で秘めやかに息づいていた肉芽にまでねっとり舌を絡ませた。

「ひぃ……あ、ぁあ……っ……」

尖った舌が媚肉をかきわけながら、小さな肉粒を転がしては嬲る。

あまりの刺激にリリィローズははぁはぁと荒い息を漏らすことしかできない。

「は、あ……ん、はぁ……ぅ……」

やがて狭い隘路にまで舌が突き立てられ、内壁の浅い場所を擦られる。すると新たな蜜が最奥から溢れ出し、淫らな水音でリリィローズの耳を侵し始めた。

「ひっ……」

「これが気に入ったみたいだな。もうなかがとろとろだ」

溶けた淫裂に長い指が差し込まれ、ゆっくりと抜き差しされる。

「ぅ、ふ……ぅ……」

「たっぷり濡れているから痛くはないだろう。ほら、もっと奥まで届けてやる」

「あ、ぁあ……っ」

指で激しく責められ、リリィローズは次第にわけがわからなくなってきた。

「ベッドの上の君がこんなに素直で可愛いとは思わなかったよ」

ノーランは笑って指を止めると、リリィローズの反応を楽しむように舌で包皮をめくりながら肉粒をこりこりと転がし始めた。

「は、ひっ……う……ぅ……」

淫らな舌先に甘い声が誘い出される。

腰が逃げを打つたび男に強く引き戻されて、しなやかな長い指を胎の奥へ突き立てられながら小刻みに動かされた。

すると秘裂から淫水がだらしなく溢れ、男の指と脚の狭間を淫らに濡らし光らせる。

「ん、っん……っ」

刺激をやり過ごそうとリリィローズが必死に耐えているのに、ノーランはさらに声を引き出そうと指の動きを速めていく。

「もっと奥まで擦って欲しいんだろ？　ん？」

「や……んなこ、と……しっ……ひぃ」

抗うように首を振るが、ぬかるむ秘腔に食い込む指がリリィローズの快楽を暴くように淫らに前後する。

指の数はいつの間にか増やされていたが、いまは耐えるだけで精いっぱいのリリィローズにはそのことにさえ気づかない。

「あ、ぁ……あぁあ……っ」

体の変化についていけない。強烈な快感は、逆に怖れを生む。

このまま快楽の波にさらわれて、どこか知らないところへと流されていってしまいそうだ。

「や、め……も、や……てぇ……」

こんなところを誰かに見られたらどう思うだろう。婚約もしていない男に肌をさらし、体中を撫でまわされ、冒される奇妙な熱にいつもの自分がどこかへ行ってしまう。

――お嬢様、淑女がそんなはしたないまねをしてもいいのですか。

異常な状況から逃れたい意識が、かつての記憶を呼び覚ます。

この場にもっとも似つかわしくない生真面目な執事がリリィローズを冷ややかに叱りつけてきた。

「あ……っ、ごめんなさ……レイ……」

思わず謝ると、それを聞きつけた男の顔が険悪なものに変わる。

「そうか、君とレイナルドはやっぱりそういう関係だったのか」

秘孔を苛んでいた指の動きを止めて男が呟いたが、喘鳴するリリィローズの耳にはその声が届かない。

「はぁ、ぁあ……うぅ……」

放置された胎の奥がひどく疼いて熱を持つ。

指では到底届かない場所がじくじくと膿んで、無意識にそれを掻き壊して欲しいと強い刺激を求めてしまう。

その焦燥感は耐えがたいほどで、リリィローズはベッドの上で痛みに耐えるようにして何度も身をよじらせた。

「た、助け……」

「病気の男を呼んだところでなんの役にも立たないぞ」

醒めた声が小馬鹿にしたように告げるが、意識が混濁してきたリリィローズにはただの雑音にしか聞こえない。

瞳を開けていても目の前の顔すら判別できなかった。

「俺は誰だ、リリィローズ」

片手に頬を挟まれて、彷徨っていた目線を男のほうへ固定される。

「ちゃんと顔を見ろ。俺は誰だ？」

「あ……ノー、ラン……」

ぼやけた像をなんとか結んで、混濁する意識のなかリリィローズが答える。

「そうだ。俺の指をこんなにいやらしく食い締めて。もっと奥まで突いて欲しいんだろ？」

「そ、な……い、や……」

「こんなときにまで虚勢を張るな。俺に頼めばいますぐ楽にしてやるぞ。体の疼きから解放されたくないのか？」

男は腰を屈めると、リリィローズの耳もとにそっと唇を寄せた。

「俺を欲しいと言ってみろ。俺なら君を助けられる」

本当だろうか。彼に頼めば、身の内を苛む熱から救ってくれるのだろうか。

リリィローズの答えを引き出そうと、ふいにノーランの指が激しく動き出す。

「っ、……ぁ……あ……」

抽挿が激しくなればなるほど、奥の方が余計にせつなくなってくる。

いまや膣孔は蜜で溢れ、その蜜が頭の芯まで侵食し、理性や羞恥までぐずぐずに蕩かし始めていた。

「どうするリリィローズ？　このまま続けるか、それとも途中で放り出されたいか？」

ふたたび指が抜かれると、全身から汗が噴き出し、体の内側でなにかが這いまわるような掻痒《そうよう》感に襲われた。

「あぁあ……」

「俺の名を呼べ、リリィローズ。そうすればすぐ楽になれる」

甘美な誘惑がかろうじて残っていた理性を奪う。

理性を失った肉体は、なにかを求めるように肉襞の収縮だけを強めていた。

言葉になりきれない吐息が唇から漏れる。

「……た……っ、……て……」

「よく聞こえないな、リリィローズ」

男は冷淡に嗤《わら》うと、指を奔放に動かし始めた。

「あっ、あ……あぁ……」

卑猥な淫水はくちゅくちゅと泡立って、そこから溢れる蜜液が臀部にまで零れる。

それでもまだ、求める場所にはほど遠い。

「ひ、ぁあ……ノーラン、助け……は、や……く！」

たまらず叫ぶと、男がうっとり微笑んだ。

「良い子だ、いますぐ楽にしてあげるよ」

熟れきった秘裂に昂ぶる熱が押しつけられた。

熱く滾った肉棒はひくつく蜜口をかきわけるようにして強引に根元まで埋め込まれる。

「ひっ、ぁああ……っ」

引き裂かれるような鈍痛と続いて訪れた圧迫感に、リリィローズは思わず目の前の体に取り縋った。碧い瞳はいまにも壊れてしまいそうに儚げに揺れる。

「助けてノーラン……すごく……苦しいの……」

「ああ、大丈夫だ。いま楽にしてやるから」

なだめるように囁いて、ノーランはしがみつくリリィローズの体をそっと押し倒した。

「可愛いな。まるで恋してるみたいじゃないか。いつもそうやって俺に甘えてくるといいのに」

うっすらと汗の滲んだこめかみにキスが落とされる。

リリィローズの荒い息が落ち着くのを待って、ノーランはゆっくりと腰を引くと、またすぐに深い場所まで戻ってくる。

「う、あっ……ん、あ、ぁ……っ」

ゆるゆると体が揺さぶられ、先ほど感じた痛みが急速に弱まっていく。

代わりに得体の知れない奔流が体の奥を駆け抜けて、リリィローズの五感すべてを浚っていこうとする。

「っ……どうしてこんなに狭いんだ？」

男が片側の眉をひそめる。

ノーランはリリィローズの腰に手を添えると、怒張の角度を変えた。

「ほら、もっと擦ってやるから力を抜いてろ」

そんなことを言われても、リリィローズは自分の身になにが起きているのかすら把握できていない。

リリィローズの指が空しくシーツを握りしめていると、男の口からため息が零れた。

「仕方ないな」

ノーランは両手に白い乳房を集めると、そこに顔を埋め、音を立てるようにしてむしゃぶりついた。

「あ、……やぁ……」

ぷくりとふくらむ丸い粒をノーランの唇が扱いては舌で嬲る。そうすると色素の薄いリリィローズの乳首が、朝露に濡れた薔薇のように鮮やかに染め上げられていく。

「綺麗だ、それに感度もいい」

男は自分が育てあげた蕾を満足そうに指で撫でると、そのままもう一方の手を繋がったままになっている秘裂へと移動させた。

「ほら、もっと力を抜くんだ。君ならできるだろ？」

うっとりするような甘い声で囁きながら、意地悪な指が肉茎で無理やり拓《ひら》いた蜜口の上をそろそろと探る。

「あ……っ」

肉環に触れていた指が包皮に包まれた肉粒を探り当てると、それを腹で容赦なく擦りあげる。

「ひ、……っ……やっ……そ、こ……ゃ、ぁ……っ」

上と下を同時に責められて、リリィローズはすすり泣くような甘い声を漏らした。

「凄い締めつけだが、なかはだいぶゆるんできたみたいだな」

ノーランはふたたびリリィローズの腰骨を摑むと、硬く膨張した欲望を小刻みに動かして肉壁に擦りつけてくる。

「あ、ぁ……」

内側を抉るように抽挿が繰り返されると、肉茎で堰き止められていた蜜液が抉られるたびに淫らな音を立てながら溢れてきた。

「こんなに滴らせて、そんなに気持ちが良いのか？」

喉奥で意地悪く笑うと、男は屹立の角度を変え、絡みつく蜜液を肉孔のなかで円を描くように攪拌させた。

「くぅ……ぁ……うぅ」

新しく刻まれる刺激にリリィローズの白い肢体が打ち上げられた魚のようにびくびくと跳ねる。そうすると拓かれたはずの蜜路がきゅっと窄《すぼ》まり、男の欲望をやわらかく食い締めながら次を急かす。

「あ、ぁ……ん、っ……ぁ……」

情欲に濡れた碧い瞳が向けられると、ノーランの征服欲を激しく刺激した。

いつもならとり澄まして、少しもなびく様子を見せないリリィローズが甘く蕩けていくさまは男の目にも刺激的で淫猥だった。

「さっさと済ますつもりだったが、そうもいきそうにないな」

自嘲の笑みを浮かべると、男は突然、穿つ速度を速めた。

「だめ……っ……や、あ……」

無意識に逃げを打つリリィローズを引き寄せ、欲望のままに猛り狂った剛直を何度もあわいに送り込む。

膨れ上がった肉茎は飢えた獣のように、甘くぬかるむ媚肉をがつがつと貪り続けた。

「い、やぁ……も、……ゆる……て……ぇ」

過ぎる快楽に頭と体がついていけない。

それなのに媚薬で冒された蜜孔は男の欲望を貪婪に味わおうとして、そそり勃つ肉棒を無意識に食い締めながら歓喜の蜜を滴らした。

「ははっ、参ったな。まさかこんなに夢中になるなんて……」

男は苦笑を浮かべたままリリィローズの体を膝の上に引き上げると、これまでの動きを凌駕するように激しく腰を打ち付ける。

「ひっ、ゃ、あっ……ノーラン……や、めっ……ぁ……ン、ふぅ……」

がくがくと上下に揺さぶられ、次第に陶然となっていく意識がリリィローズの脳裏に奇妙な幻覚を映し出した。

突き立てられた欲望から蔓のようなものが伸びて、男の宿主となったリリィローズの体を息もつかせぬ勢いで這いあがり拘束を強めていく。

圧倒的な存在と悦楽で、寄生植物と化したノーランが完全に相手を支配しようと近づいてくるのだ。

「あぁああ……！」

突然、目の前が白く弾け、リリィローズは揺さぶられたまま男の腕に倒れ込む。

「ここまでするつもりはなかったのに……」

繋がった秘裂から男の精がどくどくと流れ出す。

「これでもう君は俺のものだ」

薄れゆく意識のなか、リリィローズは男の声を耳にした。

とうとうノーランは屋敷に居座るだけでなく、リリィローズのなかにまで完全に根を下ろしたのだ。

「……熱い……まだ、熱いわ……」

達したのに終わらない。引かない熱はいつまでもリリィローズを苛む。

「ああ、わかってる。心配しなくていい」

男の唇が重なって激しく舌を求められると、白く染まりかけた意識がふたたび昂奮の渦へと引き戻される。

そうしてリリィローズの意識が混濁しているなか、男は火照る体を根気よく慰め続けた。

三度目の精を吐き出す前に、リリィローズは正体をなくした。

「くそっ」

ノーランが思わず罵《ののし》ったのは、手加減できない自分に呆れたからだ。彼女が処女であったということには、二度目の途中で気がついた。それなのに自分は性技を覚えたての少年のように、気がつけば夢中で白い体を貪っていた。

リリィローズは、ノーランが知る貴族の女たちとはあまりに違いすぎる。

これまでノーランが相手にしてきた女は、恋の駆け引きを楽しみ、本気で相手が恋に落ちるようなことがあったとしても、身分や立場を思い出させるような態度を取れば、やがては離れていった。

だからこそ、それを逆手にここまでのし上がってきたのだ。

すべて、ある目的のために——。

ノーランは繫がったまま、リリィローズのやわらかな胸に頰を埋めた。

そこには確かに息づく鼓動がある。

男にとって貴族とは、憎むべき存在。

奪取すべき相手。

貴族に対する憎悪は、ある日を境に加速して、根強く記憶にすり込まれた。

目的遂行のために欲しかったのは、このローズハウスだ。

そんな思惑で屋敷に入り込んだというのに、ノーランは父親を慕うリリィローズを通して、これまで抱いてきた貴族に対する印象をことごとく覆されてしまっていた。

「こんなはずじゃなかったのに……」

独りごちて、ノーランはまだ治まらない欲望をリリィローズの腹に収めたまま、脱力する令嬢の鼓動にじっと耳を傾けていた。

5章　疑惑

物音に気づいて、リリィローズはぼんやりと目蓋を開いた。

「ん……」

そこから見える窓の景色は朝と呼ぶにはまだ暗く、完全には夜が明けきっていない。

リリィローズはベッドにうつ伏せたままぼんやりと考える。

いつの間に自分の部屋に戻ったのだろう。

どうしたことか錘《おもり》のように体が重く、腰から下が麻痺してしまったように感覚に乏しい。

昨夜のことを振り返ってみたが、客のひとりにクロークに連れ込まれた辺りから記憶が曖昧になっていた。まるで霧に包まれてしまったように思い出すことができない。

ドサッ、またなにか音がした。

まるで屋根に積もった雪がすべり落ちたような音だ。けれどいまは夏、冬にはまだ遠い。

リリィローズは全身にひどい倦怠感《けんたいかん》を覚えながら、なんとか寝返りを打って物音がするほうに顔を向けた。

　すると暖炉のすぐ前に、火かき棒を持った男の背中が見える。

　執事が新しい石炭でもくべているのだろうか。それにしてもこんな早い時間から、なんの断りもなく部屋に足を踏み入れるなど彼らしくない。

「レイ？」

　不審に思いながら声をかけると、黒い背中が火かき棒を置いて立ち上がる。

　赤々と燃える炎と灯りを横顔に受けて振り返ったのは、思いがけない相手だった。

「ノーラン？　どうして貴方がわたしの部屋に？」

　驚いて目を瞬かせると、すかさず男が訂正する。

「なにを言っているんだ。ここは俺の部屋だ」

「え……っ」

　思わず身を起こそうとして、自分がなにひとつ身につけていないことに気づく。

「やっ、どうして？」

　慌ててアッパーシーツをたぐり寄せて体に巻きつけていると、ノーランがベッドの上にあがり込み、そっと手を伸ばしてきた。

「体は平気なのか？」

　穏やかに微笑みながら、男の手がリリィローズの肩に触れようとする。

「それ以上、わたしに近づかないで！」

「……」

ノーランは黙って手を引っ込めると、肩をそびやかせてリリィローズを見下ろした。

「俺に助けを求めておいて、ずいぶんと失礼な言いぐさだな」

「わたしが？」

碧い瞳で不思議そうに男を見つめる。

「覚えていないのか？」

「なんの話？」

リリィローズが尋ね返すと、ノーランがわずかに息を呑み、真意をたしかめるように目を細めた。

「もしかしてクロークのこと？　だったら覚えているわ。男に襲われかかったとき、貴方が助けてくれたわよね」

「それだけか？」

唇を一文字にして、ノーランがふっつりと黙り込む。

「違うの？」

男は答えない。それどころかひどく不満げにリリィローズを見つめている。

けれどリリィローズが覚えているのは、クロークで気分が悪くなった自分を、ノーランが部屋まで運ぼうとしてくれたことくらいだ。

それなのになぜ自分はノーランの部屋にいて、ベッドの上で裸になっているのだろう。

よく見るとノーランも、ズボンにシャツを引っかけただけのだらしない格好をしている。

「本当に、なにも、覚えていないのか？」

一言一句嚙みしめるように、暗褐色の瞳が問いかけてくる。

その強い眼差しは、一瞬怯んでしまうほどだ。男はリリィローズの瞳の奥になにかを見いだそうと、深い場所まで覗き込もうとする。

「そんなこと言われても……」

頭に手を添え、リリィローズは懸命に思い出そうとした。

すると、ほんのわずかだが頭にかかった霧が晴れ間を見せた。

「……っ」

断片的によみがえった記憶はあまりに淫らな光景だ。

白い裸体に男の指や唇が縦横無尽に這わされたあげく、なにか得体の知れないものでリリィローズを支配している。

記憶というより強烈なイメージが頭のなかにいっぺんに流れ込んできて、リリィローズは本能的に記憶に蓋をしてしまう。

これは思い出してはいけないことだ。思い出せばきっと後悔する。

「わ、わたし、部屋に戻るわ」

リリィローズがベッドの反対側に下りようと、床に足をついた瞬間。

「あ……っ」

膝から崩れるようにして、その場にへたり込んでしまう。まるで足が萎《な》えたように言うことをきかない。しかも脚のあいだになにかが挟まっているような違和感がして、奇妙な圧迫感が腹部に残っていた。

「な、に……？」

「無理をするな。初めてとは気づかず、俺も途中までは手加減しなかったからな」

細腰に腕がまわされると、リリィローズはシーツごとベッドに連れ戻される。

男の腕は力強く、はだけたシャツから覗く半身に無駄な肉は一切ない。まるで美しい彫像でも眺めているような気分になる。

奇妙なことに、男の裸を初めて目にしたはずなのに既視感がある。その逞しい胸を懐かしいとすら感じて、リリィローズはとっさに男から顔を逸らした。

自分はなにを考えているのだろう。

「こっちを向くんだ、リリィローズ」

逸らせた顔はすぐに顎を摑まれて、男の視線を正面に浴びる。

「君は媚薬入りのチョコレートを食べて、俺に助けて欲しいとすがってきたんだ」

「まさか……」

嫌いな男に助けなど求めるはずがない。それにロバートからノーランには気をつけろと忠告されたばかりだ。

媚薬と裸。それに、おぼろげな記憶。どれもリリィローズには屈辱的な状況だ。

「そんなの嘘に決まってるわ」

「反抗的だな。認めないつもりか？」

「み、認めるもなにも覚えがないもの」

リリィローズが反論すると、ノーランが鼻で笑った。

「まったく……君は見事に、俺の予想をいつも裏切ってくれるな」

楽しげな様子とは裏腹に、ふたたび向けられた視線は剣呑な光を帯びている。

「まあいい。だが、俺と交わした契約だけは忘れたとは言わさないぞ」

「契約？」

思わず聞き返すと、男がにやりと笑む。

「金貨七枚を渡す代わりに、君が残りの期日まで俺のベッドの相手をしてくれるんだろ？」

「な……そんなこと約束した覚えはないわ！」

あまりの動揺に声が裏返る。

けれど記憶がないだけに、リリィローズには完全に否定するだけの確証がない。

ノーランはそうとわかっているからか、なおも強気に言い放った。

「いいや、君は俺と契約した。だから仕方なく俺は君の相手をしてやったんだ」

「……っ」

契約を交わしたことも、仕方なく相手を務めたという男の言葉にも、リリィローズは動揺を隠せない。

どうして好きでもない相手と夜を過ごさなければならないのだ。

「う、嘘よ。そんなこと言って、またわたしをからかうつもりなんでしょ？」

「だったらなぜ君は俺のベッドに裸でいる」

「それは……」

ノーランはシーツの端をたぐり寄せると、リリィローズの体を自分のほうに引き寄せた。

「まさか君が、レイナルドとまだだったとは予想外だったよ」

意味ありげに揶揄されて、リリィローズは頬をかっと熱くさせた。

「だから言ったでしょ。わたしとレイはそんな関係じゃないわ」

「ああ、どうやら君の片想いだったようだな」

「だから、そんなんじゃ……！」

「本当にそうか？」

なぜノーランはこうも自分と執事のことを疑うのだろう。

リリィローズの疑問が伝わったのか、男が冷ややかに事実を告げた。

「昨夜も俺を呼ぶ前に、あいつの名を呼んでいた」

「う、嘘……。そんなわけないわ、だってわたしとレイはただの幼な」

弁解しかけた唇を、ノーランが煩わしそうにキスで塞いだ。

「や、やめて」

とっさに押し返すと、男はすぐにリリィローズから離れた。

「やめても構わないが、そうなると困るのは君だぞ」

「……？」

「まともな方法で、二週間以内に金貨七枚を稼ぐ方法があると思うのか？」

「それは……」

リリィローズが躊躇するのを見て、男はすかさず甘言を弄する。

「契約はとっくに成立して、君は一晩俺と過ごしたんだ」

はっと目を瞠った途端、どろりと体の奥からなにかが流れ落ちてきた。

「ま、まさか、貴方わたしの……っ」

純潔を奪われた。記憶はないが体に残された感触や内股を伝う残滓《ざんし》がそのことを雄弁に語っている。もう自分は清い体ではないのだ。あまりのショックに顔が青ざめていく。

「ようやくわかったか？　ここでやめたら昨夜のことは無駄になって、金も残らないうえに宝石箱も人手に渡ることになるんだぞ。それでもいいのか？」

リリィローズは自分の体をぎゅっと抱き締めると、震える声で男に尋ねた。

「本当にわたしは昨夜貴方と、その……そういうことを……」

「ああ、したよ。それも何度も」

ノーランは震える体を抱き寄せると、うなじにキスを繰り返しながら低い声で囁いた。

「君も少しくらい覚えているだろ？　俺はこうやって君の体を慰めたんだ」

「わ、わたしは……覚えていないの……」

経験のないリリィローズは、断片的な記憶を繋ぎ合わせても、ひとつの行為には結びつけられない。

「これじゃあ二度、処女を抱くようなものだな」

満更でもなさそうにノーランは笑うと、葛藤に揺れているうちにリリィローズを押し倒してしまう。

「あ……っ」

「君は覚えていないだろうけど、さっき目覚めるまでずっと繋がっていたんだ。ここも濡れてじゅうぶんほぐれている」

「な、なにをするつもりなの？」

ノーランはいきなり秘裂に指を突き立てると、唇の端を持ち上げながらゆっくりと中を掻き回した。

「ひ……っ」

怯えた声を上げると、ノーランはズボンの前を寛げて、充溢した肉茎を取り出した。

「二度と俺を忘れたと言わせないようじっくり抱いてやるから、俺の形をちゃんと覚えておくんだ、リリィローズ」

「そ、そんなの無理よ……お願い、やめて……」

記憶のないリリィローズには、男の欲望は奇異で獰猛な凶器にしかみえない。

暴れ出した両手をベッドに押さえつけると、ノーランは震える花唇に亀頭を押し当て、リリィローズをなだめるように何度もキスしながら狭い隘路に腰を進めてきた。

「う、くぅ……」

痛みはないが圧迫感がひどい。男の剛直はその形を実感させるように、あえてじりじり媚肉をかきわけ肉襞を擦る。

「や……やめて、ノーラン……そんなの、入るわけないわ……」

息を詰めて首を振ると、男はそっと腰骨を摑んで静かに笑った。

「心配ないよ、リリィローズ。昨夜散々ここを拓いてやったんだ。中はもう俺の形になっている」

「あ、ぁあ……っ」

一気に腰を進められ、あまりの衝撃にリリィローズは背中を仰け反らせた。

リリィローズにとって、これが初めての喪失だった。

深く、自分も知らない場所に男の侵入を許してしまった。もうなにも知らなかった頃には戻れない。

諦観に達したように、リリィローズの体から抗う力が抜けていく。

「これで契約は成立だ」

ただひとり男は満足げに笑うと、リリィローズを深く刺し貫いたまま、小さく喘ぐ小さな唇を心ゆくまで味わっていた。

悪夢のような晩餐会から五日が過ぎようとしていた。

顔を合わせたくなくてわざと遅くに食堂へ下りていったというのに、物腰のやわらかな男は優雅に食事をとっていた。

「おはよう、リリィローズ」

このまま踵《きびす》を返して出て行きたいところだが、昨日から復帰したばかりの執事と目が合って、リリィローズはそのまま椅子に腰かける。

「……おはよう」

形ばかりの挨拶を返して、リリィローズはすぐに執事に声をかけた。

「レイナルド、体の調子はどう？」

「はい、リリィローズ様とノーラン様のおかげですっかり良くなりました。今後は私が一切の家事を執り行いますのでどうかご心配なく」

居住まいを正して言うと、ノーランが軽口を叩いた。

「とはいっても、レイナルドの料理センスだけはいただけないな」

執事はうっと声を詰まらせ、すぐに言葉を繋いだ。

「たしかに私の料理は、ノーラン様の作るものにはほど遠いかもしれません。ですが私が復帰した以上、ノーラン様のお手を煩わすわけには参りません」

「君ってほんとに真面目だな。まさしく執事の鑑だよ。でも、ひとりでなにもかも請け負うとなると、また君がまた倒れかねない。俺が食事を作るから、レイナルドはほかのことに専念して欲しいな」

「しかし……」

困ったように執事が主に視線を送る。

仕方なくリリィローズは、笑顔を張りつけ彼らに応じた。

「レイナルド。ここはノーランさんのご厚意に甘えましょう。それにわたしだって、お掃除くらい手伝えるわ」

「いいえ、そういうわけには参りません」

執事の優先順位は、いついかなるときも揺るがない。

それが礼儀に反しているとしても、リリィローズの手を煩わせるくらいなら客人を使ったほうがましと判断したようだ。

「お嬢様はいつものようにお部屋でお過ごしください」

「でも……」

言い募るリリィローズを遮るようにノーランが口を挟む。

「これで決まりだな。俺が料理を担当して、レイナルドがそのほかの雑用をこなす。リリィローズはこれまでどおり優雅にときを過ごしてくれ」

男ににっこり微笑まれ、リリィローズは悔しさに唇を噛む。

ノーランが昼に労わりを見せるのは、夜になると傍若無人に振る舞っているからだ。

そうとは知らない執事は、男に心からの謝辞を述べた。

「ありがとうございます、ノーラン様。どうかこれまでの私の非礼をお許しください」

「とんでもない、俺の方こそすまなかった。屋敷の交渉が思うように進まないから、つい君のご主人様に無礼な態度を取ってしまった。けれど、もう心配ない。俺たちは円満に事態の解決をはかることにしたんだ。そうだね、リリィローズ？」

「……ええ」

執事の前でうそぶくノーランが憎らしい。

けれど、リリィローズは男に逆らうことができない。抵抗するにはあまりに弱みをさらしすぎてしまった。

この屋敷にとって歓迎せざる客だった男は、いつの間にか平然と日常に溶け込み、あまつさえ敵対していた執事の信頼まで得ようとしている。

リリィローズは憂鬱な気分で食事を終えると、重い足取りで自室へ戻った。

執事が戻ってメイドの仕事からは解放されても、リリィローズが完全にノーランから逃れられたわけではない。それどころか事態は、これまで以上に複雑になってしまっていた。

その日の午後、執事がリリィローズの部屋の清掃を終えた頃を見計らったかのように、部屋のドアがノックされた。

「レイ、どうしたの？　なにか忘れ物？」

声をかけるとドアが開き、すぐにノーランが入ってきた。

「なにしにきたの？」

思わず後退ると、整った顔が後ろ手にドアを閉めながら当然のように告げる。

「昨夜の続きだ、リリィローズ」

「……っ」

その姿がどんなに優美で温和に見えても、その眼差しの奥に冷徹な光が宿っていることを、この数日のあいだでリリィローズは嫌というほど思い知らされた。

ノーランの笑みに騙されてはいけない。この男のなかには相手を嬲る残忍な血が流れているのだから。

「こっちに来るんだ、リリィローズ」

獲物を狙う獣のように、足音も立てずに男が近づいてくる。

「つ、続きなら夜まで待って。この時間はいつレイが戻るかわからないのよ」

「——レイ、ね」

やわらかだった仮面が剝がれ、ノーランの態度が途端に剣呑になる。

「そんなにレイナルドのことが気になるのか？」

「だって、こんなことが知れたらレイが嘆くに決まってるわ」

彼はいつだってリリィローズに淑女としての品格と嗜みを求めてきた。

それなのに晩餐会の夜以来、リリィローズは婚約もしていない男とベッドを共にするような毎日を送っていた。

一度目は記憶がないうちに、二度目は契約を盾に取られ、三度目からは後ろ暗い秘密と宝石箱を得るために続けているようなものだ。

こんなはずではなかったのに。ノーランを追い出すはずが、いつしか搦《から》め捕られ、息苦しいほど男に支配されてしまっている。

せっかくロバートが忠告してくれたのに、すべて無駄になってしまった。

リリィローズが後悔の念に駆られていると、ノーランは鷹揚に微笑んだ。

「俺が望めば、君はいつでも応じる約束だったはずだ」

リリィローズの記憶がなかったことを良いことに、男は次々と自分に都合のいい内容を持ち出してくる。

ノーランは腰に腕をまわすと、楽しげに目を細めた。

「いやなら契約は破棄だ」

腕の拘束が強まると、大樹にとりつく蔓状の植物が頭に浮かんだ。その蔓は蛇のように根元から忍び寄り、宿主となる樹を搦め捕るようにして巻きついてくる。

リリィローズは悔しさに頬を歪めながらも、尊厳だけは失うまいと、男に毅然と立ち向かう。

「誰も応じないとは言っていないわ。ただ夜まで待ってとお願いしているだけよ」

リリィローズはきつく男を睨みつけた。

「いいや、だめだ。君は昨夜、俺に嘘をついた」

「……っ」

「罰を与えるなら、君が嫌がることをしないと意味がないだろう？」

「そんな……」

リリィローズは絶句して、唇の内側を軽く食んだ。

男の愛撫はいつも執拗で、彼女が達するまで延々と続けられる。あの日から毎晩、ノーランの部屋で裸に剝かれ体中を砂糖菓子のように舐め尽くされた。その行為はリリィローズが許しを請うまで終わってはくれない。

せめて苦痛がともなうのであれば、リリィローズもまだ我慢できただろう。

だがノーランと回数を重ねるたび、甘い余韻が体を包み、気がつけば信じられないような媚びを含んだ声を漏らしていた。知らぬまに体を毒され、淫らな体に作り変えられていくようでリリィローズは不安になってしまう。

途中で何度、契約を解除しようとしたかしれない。けれど、そんなことをすればこれまで耐えてきたことがすべて無駄になってしまう。

どうしても宝石箱を手に入れて、あの写真を手もとに置きたい。

そのためにはノーランとの行為を期日まで続けなければならない。

そこで苦肉の策として、昨夜は達したふりをして、恥辱に満ちた行為をさっさと終わらせようとしたのだ。

けれどノーランは、そう易々と騙されてはくれなかった。

「まさか君がいったふりするなんてね」

男はあっさりそれを見破ると、途端に機嫌を悪くしてリリィローズを部屋から追い出してしまった。

そして今日、その意趣返しとしてリリィローズの部屋を昼間から訪れたのだ。

「俺の目はごまかせない。だから二度と、俺に嘘をつくんじゃない」

「……わ、わかったわ」

苦々しげな返事を聞いて、男が喉奥で笑う。

「君のくやしがってる顔はたまらないな」

屈辱に俯くリリィローズの顔を仰向かせると、ノーランは碧い瞳を覗き込むようにして自分の唇をしっとりと重ねてきた。

「教えただろ。君も口を開けて、ちゃんと舌を使うんだ」

おそるおそる舌を突き出すと、男の舌が素早く絡みついてくる。

「っ……ん、っ……ふ……」

乾いたキスは次第に粘度と湿度を増して、くちゅくちゅと卑猥な音を立て始めた。

ノーランはひとしきり唇を堪能すると、リリィローズにベッドの上に腰かけるよう素っ気なく命じた。

「ドレスをめくって脚を開くんだ」

「い、いやよ」

「ぐずぐずしているとレイナルドが来るぞ。それでもいいのか？」

「……っ」

リリィローズは羞恥に頬を染めながら、嫌々ドレスの裾をたくし上げた。

「言いつけどおり、ドロワーズは穿いていないようだな」

ガーター姿のリリィローズを見て、満足そうに男が目を細める。

「も、もういいでしょ」

男の視線に耐えかねて脚を閉じかけると、すぐに男の手が膝を左右に開かせた。

「お願い、もう許して」

「なにを言ってる。物欲しげにひくつかせているくせに」

「そんなわけないでしょ、変なこと言わないで！」

思わず睨むと、ノーランは意地悪な笑みを深くした。

リリィローズが嫌がれば嫌がるほど、抵抗を見せれば見せるだけ、男を悦ばせることになる。

「嘘つきの言葉は信じない。君の場合、体に直接聞いたほうが正直だからね」

ノーランはリリィローズの前に跪くと、下肢に鼻先を近づけ、秘裂にそって舌を縦に這わし始めた。

「う……うっ」

花唇を中心に甘い疼きが広がっていく。

肉厚な舌が媚肉を広げ、淡い色をした肉粒を探り当てると、容赦なくそれを苛み始めた。

「あぁ、やあ……」

芽ぶき始めた小さな粒はぬるつく舌で転がされ、時折音を立てて啜り上げられる。すると、条件反射のようにあわいから蜜液が滲みだしてくる。

「は、……ぅ……あ……」

絶対に声を上げまいと、リリィローズは唇を噛んで必死に耐えていた。

そんな空しい努力を嘲るように男が冷たく吐き捨てる。

「もう一度下手な演技をしてみろ、今度はレイナルドの前で同じことをしてやる」

「し、しないわっ……だか……ひっ」

唾液を注がれ続けた秘裂の奥にゆっくりと指が埋め込まれる。

男の長い指は小刻みな抽挿を繰り返し、淫らな舌は陰核の包皮を剝くことに夢中になった。

「ぁ、う……や……っあ……」

リリィローズは背中を仰け反らせベッドカバーを握りしめる。

果てのない愛撫が、羞恥と疼きに白い太腿をわななかせた。

「日を追うごとに感じやすくなってきたみたいだな。とても俺が初めての男だとは思えない。もう指だけじゃ満足できないんじゃないか?」

愉悦に満ちたノーランの声が神経を逆撫でする。

「ふ……ぁ……」

たとえなすがままにされても、気持ちだけは抵抗を続けたい。

「貴方なんか……大、嫌い……」

碧い瞳で男を睨んでみせたが、その眼差しは陶然として、愛らしい唇からは抑えきれない吐息が艶めかしく漏れていた。

そんな抵抗と痴態がどんなに男を挑発し、煽情しているのかを本人だけが気づいていない。

「君は本当に強情だな。まあ、それだから泣かしがいがある」

からかうように笑って、ノーランの指がぐるりと内壁を抉る。

「あ、ぅ……や……あぁ……」

濡れそぼった蜜口は男の指を淫猥に飲み込んだまま、リリィローズの意志とは関係なく物欲しげに収縮を繰り返した。

「ふ……、っん……」

大きく胸を喘がせると、淫蕩にゆるんだ唇から次々と甘い吐息が零れる。

「はう……ぁあ……も、ぃやぁ……」

「嫌じゃない。欲しいの間違いだろ？」

男の問いに、ふるふると首を横に振る。

すると、男の指が答えを質《ただ》すように膣襞を擦り、体の奥にじれったい熱を生み出そうとした。

「この奥をもっと弄って欲しいだろ？」

次になにが与えられるのか知らされて、体が激しい飢えを訴えてくる。

男のせいで貪欲になっていく体に、リリィローズの心だけがついていくことができない。

すぐにも達しようとする直前で、男がふいに指の抽挿をやめた。

「君だけ気持ち良くなっても昨日の罰にはならないな。今度は君が、俺を愛撫する番だ」

「な……っ」

「嫌ならもう一度、最初から始めるぞ」

ノーランは立ち上がると、下穿きの前を寛げて、育ち始めた剛直をリリィローズの眼前に突き出してきた。

怒張した肉棒は猛々しく上を向き、時折ぴくりと動いてリリィローズを驚かせた。

「さあ、手で擦りながら舐めるんだ」

間近で見せられた欲望にリリィローズは息を呑む。

そそり勃った肉茎は怖ろしいほどに太く、信じられないくらい長い。こんなものが自分の体にいつも押し入っているのかと思うと寒気が走る。

ノーランは怖じ気づくリリィローズの手を掴むと、そのまま自分の剛直へと導いた。

握った瞬間、手のひらのなかで筋走った欲望がみっしりと熱く息づいているのがわかる。

「ゆっくりと上下に動かすんだ」

断れば、またさっきと同じことが待っている。それが嫌でリリィローズは言われるまま手を動かし始めた。

「下手だな」

嘲るくせに止めろとは言わない。

リリィローズが触れているうちに肉茎はみるみるうちに膨れ上がり、その先端から透明な蜜まで零し始めた。

それが手のひらまで滴ると、男のものがぬらぬらと光沢を帯びる。

「もっと速く」

不器用な動きに焦れたように、先ほどまでリリィローズの秘裂を探っていた手がリリィローズの指に重なる。

互いの蜜で淫靡に濡れた指が、さらなる滑りを得て、男の欲望はてらてらと鈍い光を放ちながら卑猥な音を立て始めた。

「くっ……」

澄ましたノーランの顔がわずかに歪み、次の指令を口にする。

「今度は舌で舐めるんだ」

「え……っ」

思いがけない言葉に手が止まる。

「このままじゃ俺がいけない。それとも君のなかに挿れてもいいのか？」

どちらを選択するのも躊躇われる。けれど、男のものを口に含むあいだは自分の体に触れられずに済む。

リリィローズは覚悟を決めると、ベッドにあがり込んだ男の前で四つん這いになると、鈍く光る屹立に顔を近づけた。

「その口で頬ばって、舌で舐めながら根元を扱くんだ」

唇を近づけると、かすかな雄の匂いが鼻先を掠める。リリィローズは生理的に喉を鳴らすと、目蓋を閉じながら意外となめらかな男の先端をそっと口に含んだ。

「しっかり味わえよ」

リリィローズは、頬ばってもまだ余りある屹立の根元に指を添えると、先ほどと同じ要領でゆるゆると唇で扱きだす。

そうするうちに男の欲望から澄んだ蜜が吐き出され、口腔でリリィローズの唾液と混じり、じゅぷちゅぷと卑猥な音を漏らし始めた。

とてもじゃないが小さな口では咥えきれない。

唇の端から唾液の糸が零れ、亀頭が喉を突くたびえずいてしまいそうになる。

「苦しいのか？」

涙目で男を見上げると、ノーランがそっと髪に触れてきた。

「俺とあいつ、どっちが美味い？」

答える前に、質問が続く。

「抱かれなくても、レイナルドにもこういうことをしてやったんじゃないのか？」

リリィローズは愛撫を止めて、きっぱりと告げた。

「こんなことをさせるのは貴方しかいないわ」

「そうか、俺が初めてか」

なにが面白いのか、男がふっと笑う。

「やっぱりこのままじゃいけそうもないな」

突然ノーランが、膝の上にリリィローズの体を引き上げようとする。

「君も楽しみたいだろ？」

「いやよ、待って」

抵抗しかけたとき、ノックの音とともにくぐもった声が響いてきた。

「お嬢様、いらっしゃいますか？」

執事が戻ってきたのだ。慌てるリリィローズを横目に男が囁く。

「黙っていれば、すぐに消える」

「そんなことできないわ。お願いだから、貴方は早くどこかに隠れて」

リリィローズは急いでベッドから下りると、ノーランの腕を引っ張って、その体を天蓋のカーテンの裏へと押し込もうとした。

そんな態度に抵抗するように男が足を止める。

「お嬢様？」

「ちょ、ちょっと待ってちょうだい！」

急いでドアの向こうに返事をすると、リリィローズはみずから動こうとしない男の腕をさらに強く引っ張った。

「お願いよ、ノーラン。あとでなんでもするから、いまはとにかく隠れてちょうだい」

「なんでも、だな？」

男は念押ししながらにやりと笑うと、ようやくカーテンの陰に身を隠した。リリィローズは鏡の前で、急いで姿を整えると執事に声をかけた。

「いいわ、入って」

「失礼いたします」

中に入ると、執事は礼儀正しく頭を下げる。

「先ほど、お部屋を掃除したときに尋ねられた件ですが……」

ふいのことに、なんのことだったか思い出せず、リリィローズは首を傾げた。

「以前売却した物のなかで、宝石箱だけ買い戻したいというお話でしたが」

「あ……っ」

ノーランに内緒で執事に相談したことを思い出し、リリィローズはひどく慌てた。どうにかして彼とベッドを共にせずに宝石箱を手に入れたかったのだ。

「あ、あの、そのことなら後で……」

リリィローズはとっさに遮ろうとしたが、執事が話し出すほうが早かった。

「手持ちの資金をやりくりしてみましたが、ご用意できるのは金貨四枚がやっとでした。それで、少しでも足しになればと思い、父から譲り受けた懐中時計を持って参りました。これを質に入れれば、お嬢様のお役に立つと思います」

「いいえ、それはダメよ！」

なんの迷いもなく懐中時計を差し出そうとする執事の手を慌てて押し止める。

「こんな大事なものを売り払ってまで、買い戻すことなんてできないわ」

「しかし、あの宝石箱のなかには唯一の家族写真が入っているとおっしゃっていたではありませんか」

「それは、そうだけれど……」

執事の気持ちはうれしいが、彼の想い出の品まで犠牲にして手に入れるくらいならノーランとの契約を続けたほうがましだ。

他人を犠牲にしてまで、自分の望みだけを叶えるつもりはない。それならちゃんと自分で対価を払いたい。

「じ、じつはね……」

リリィローズはとっさに作り話をしてしまう。

「ノーランが店主に掛け合ってくれて、支払いを待ってもらえることになったの」

「そうでしたか」

執事がほっとしたように目もとを和らげる。

「だからレイは心配しないで」

「わかりました。ですが、お嬢様……」

執事は自分の手の上に置かれた白い甲に、もう一方の手を添えるようにして握りしめた。

「もしも困ったことがあれば、いつでも私に遠慮なくおっしゃってください。お嬢様のためなら私はどんなことでもいたします」

いつになく熱っぽい眼差しを注がれて、リリィローズは戸惑いながらも頷いた。

「ええ、わかったわ。これからもなにかあれば真っ先にレイに相談させてもらうわ」

「では、失礼いたします」

部屋から執事が出て行くと、カーテンの陰から白けた顔が現れた。

「忠犬並みの執事だな。あの調子なら、君が頼めば毎晩俺の代わりにご奉仕してくれるんじゃないか？」

棘《とげ》のある言い方に、リリィローズは思わずかっとなる。

「貴方みたいな人とレイを一緒にしないで！　彼は見返りを求めるような人じゃないわ」

「ああ、そうだろうな。なにせ自分の持ち物を売り払ってまで、君に尽くそうとする男だ。君が信頼するのもわかる」

男は鼻でせせら笑うとリリィローズの前に進み出て、目の前で金貨を落とした。

とっさに両手で受け止めると、金貨が七枚手のひらで光る。

「ノ、ノーラン？」

「俺に事情を話さなかったのはどういうわけだ？」

声に苛立ちが滲んでいる。

「なぜ宝石箱ではなく、写真が欲しいと言わなかった？」

「それは……」

ただの成り行きだ。言い出すきっかけを摑めないまま意地を張ってしまっていただけだ。

「言えば、俺が協力するとは思わなかったのか？」

どこか傷ついた目をする男を見て、リリィローズは答えを返すことができなかった。彼に相談すれば協力してくれたかもしれない。けれどそうしなかったのは、男にこれ以上つけ入る隙を与えたくなかったからだ。一度でもノーランを頼れば、体ばかりでなく心まで侵食されるのではないかと恐ろしかったのだ。

「まあ、いい」

男は自嘲ぎみに笑うと、リリィローズから背を向けようとする。

「なにをどうしたところで俺は君にとって憎むべき相手で、君も忌々しい貴族連中の仲間であることに変わりはないからな」

ドアに向かって歩き出すと、ノーランは前を見たまま告げた。

「明日にでも、宝石箱を取りにいくといい」

「でも、まだ期日が……」

すると男はドアを開けて肩越しに振り返ると、リリィローズに冷めた眼差しを投げかける。

「そこまで嫌がる女を無理に抱く趣味はない。お互い良い暇潰しになったな」

嫌みだけ残して、ばたんとドアが閉じられる。

これでもう写真のために体を売るようなまねなどせずに済むのに、なぜだかリリィローズは素直に喜ぶことができなかった。

それでも翌日、リリィローズは執事をともなって宝石箱を引き取りに出かけた。

あれほど欲しかったものなのに、実際に手に入れてみるとなんだか後味が悪い。

傷つけられたのはこちらなのに、ひどくノーランを傷つけたような気がして気持ちが晴れなかった。

心が沈んだまま辻馬車をおりて屋敷に入ろうとすると、執事が険しい顔をして屋敷を取り囲む鉄製の柵へと近づいた。

「どうかしたの、レイ？」

「誰かが悪戯をしたようです」

執事が手を伸ばした先には、高い位置に結ばれた白い布が見える。

「あ……」

きっとロバートが言っていた目印だ。

思わず上げた声は、幸いにも執事の耳には届いていなかった。

その晩、リリィローズは屋敷を抜け出すと、月明かりを頼りに中庭に出た。

ほんの少し手入れが滞っただけで、もう雑草が伸び始めている。執事が暇を見て除草してくれているようだが、夏の植物の勢いに人の手が足りていない。

リリィローズは庭の片隅にある女神像の噴水近くで待つことにした。

月は霞んでいるが、今夜はめずらしく暖かい。風もなく、空は静かなままだ。ただリリィローズの気持ちだけが落ち着きなく小波立っていた。

ノーランに気をつけろと言われていたのに、まんまと純潔を奪われてしまった。憎んでもいい相手なのに、なぜだか憎みきれない。彼のことは嫌いだが、憎しみとはまた別のことのように感じていた。

リリィローズがぼんやり庭を眺めていると、しばらくして近くの茂みから周囲を警戒するようにロバートが近づいてきた。

「誰にも気づかれていませんか？」

「はい」

「ノーランはまだ屋敷に？」

リリィローズが頷くと、ロバートが真顔のまま声を潜める。

「こんなことを聞いては気を悪くするかもしれませんが、貴女とノーランは恋人関係にあるのですか？」

「いえ、違います。彼は貴族を嫌っていますから」

状況だけみれば、恋人同士の関係だ。だが自分たちのあいだにあったのは、気持ちではなく契約。それを恋人と呼ぶのはあまりに相応しくない。

しかしロバートはその答えに納得しなかったようだ。

「では、なぜあの男はまだ貴女の屋敷に留まっているのですか？」

リリィローズは男が屋敷の権利書を持っていることを告げた。

「ノーランはこの屋敷を欲しがっているのです。けれど、わたしには売るつもりがなくて、それで彼はこの屋敷に居座っているのです」

「怪しいとは思いませんか？」

ロバートが眉をひそめる。

「ラッセル伯爵の不在を狙ったように、あの男がいきなり現れた。それも権利書を持ってです。なにか関連があるとは思いませんか？」

「で、でも……ノーランはもともとランサスにいて、お父様とは面識がないと言っていました」

するとロバートはやけに深刻な声でリリィローズを問い質した。

「では、ラッセル伯爵のことでなにか思い当たることはありませんか？　そう、例えば過去に頻繁に誰かが訪ねてきたとか」

「そういえば……」

リリィローズは領地に訪れていた口髭の男のことを思い出した。その男はときどき悪夢にも現れることがある。

「ダイヤモンド鉱山の出資をするにあたり、マッケンジーさんという方がお父様を頻繁に訪ねてきていました」

「その男の顔を見ましたか？」

探るような視線に、リリィローズはいいえと首を振る。

「その方は人目を避けていたのか、使用人のなかにもはっきりと姿を見た者はいません。わたしも偶然、すれ違ったことはありますが目深に探検帽をかぶって口髭をたくわえていたことぐらいしか覚えていません」

「そうでしたか……」

なぜだかほっとしたようにロバートが息を吐く。

その様子をリリィローズが不思議そうに見つめていると、ロバートは慌てて言い募った。

「すみません。てっきりその男がノーランかもしれないと思ったものですから」

「えっ」

「彼が変装してラッセル伯爵に近づき、不正な方法で権利書を手に入れたのではないかと疑ったのです。そのせいでラッセル伯爵がなにか事件にでも巻き込まれていたらと思って……」

「そんなまさか。いくらノーランでもそこまでするなんて」

　彼にはひどい目に遭わされてきたが、それでも時折やさしいこともある。意地悪な性格だが限界まで相手を追い詰めたりしない。その一歩手前で引くようなところがある。

「リリィローズさん、騙されてはいけません。彼は強引に屋敷に居座り、貴女を辱めるような格好をさせたんですよ。貴女はそんな男を庇うつもりですか？」

　ロバートに指摘され、リリィローズは困惑の表情を浮かべた。言われてみれば、なぜ自分はノーランのことを庇うような言葉を口にしたのだろう。

「違います。べつに庇ったのではなく、普通屋敷が欲しいからと言って、そこまでするとは思えなかっただけです。それにノーランが持っている権利書は半分の価値もないんですよ」

「だったら余計におかしいと思いませんか？　彼は商売人です。自分の屋敷が欲しいなら、もっと確実に手っ取り早く手に入る屋敷を探すでしょう。それなのに、彼がこの屋敷にこだわる理由はなんですか？」

　言われてみればたしかに気になる。

　いままで考えもしなかっただけに、次々とロバートに疑問を口にされると、リリィローズのなかにもこれまでなかった疑惑の念が頭をもたげてくる。

「僕ももう少し彼について調べてみます。だから貴女もノーランから情報を引き出してみてください」

「そんなこと言われても……」

リリィローズが迷いを見せると、ロバートが咎めた。

「これはラッセル伯爵のためです」

「お父様の？」

「彼が無関係だとしても、なにか手がかりになるようなことを知っているかもしれない。だから、なぜ彼がランサスからイルビオンに移り、この屋敷を手に入れようとしているのか、その理由を探ってみてください。それがわかれば、ここから彼を追い出すこともできるかもしれません」

ロバートはそこまでひと息に告げると、リリィローズの肩にそっと手を置いた。

「ふたりで力を合わせて、ノーランをこの屋敷から追い出しましょう。僕は貴女の味方です」

「ロバートさん……」

「さんだなんて。僕のことはロバートと呼んでください、リリィローズ」

男の顔が近づいて、キスの予感にとっさに顔を背けてしまう。

「っ……すみません」

ロバートは真っ赤になってリリィローズから離れると、

「またあとで連絡します」

気まずげに呟いて、そのまま走り去ってしまう。

リリィローズは胸に湧いた疑惑を抱いたまま、ノーランの居座る屋敷に戻っていった。

その夜更けにリリィローズが部屋を訪れると、中にいたノーランが露骨に顔をしかめた。

「ごめんなさい。ドアから灯りが漏れていたから、まだ起きているかと思って」

「それで？　いったいなんの用」

「あの……」

わずかに言い淀んでからリリィローズが先を続ける。

「宝石箱のお礼を言おうと思って。貴方のおかげで写真が手に入ったわ」

「それは良かったな。用が済んだらとっとと出ていってくれ」

男が素っ気なく振る舞っても、リリィローズは黙り込んだまま立ち尽くす。

ロバートに言われてから、父とのことが気になってどうしても眠ることができない。

ノーランが屋敷に現れたのは、本当に偶然なのだろうか。それともなにか関係があるのか、権利書はどうやって手に入れたのだろうか。

尋ねてみたいことは山ほどあるのに、聞き出すタイミングを摑めない。これまでリリィローズは、ノーランのことに関心を持つような態度を見せていなかったからだ。それでつい、無関係なことを口走ってしまう。

「なんだ？　まだ用があるのか」

「ほ、本当にいいの？」

「なんのことだ？」

「その、この前は中断してしまったし、期日もまだなのに金貨を受け取ってしまって……」

「目当てのものを手に入れたのに、律儀に嫌いな男に抱かれにきたのか？　それとも味をしめて、疼く体を俺に慰めて欲しいのか？」

辛辣な物言いにリリィローズはうっと息を呑む。なぜかリリィローズが歩み寄ろうとすると、男はこの調子で普段は温厚なリリィローズの神経を見事に逆撫でする。

「もう、いいわ。貴方に貸しを作りたくないから言ってみただけよ。あとで文句を言わないでちょうだいね」

そう言い捨てて立ち去りかけると、男の手が素早く腰にまわされた。

「これで最後だ。せっかく来たんだから、朝まで付き合っていけよ」

ノーランは半ば強引にリリィローズを部屋に引きずり込むと、すぐさまリリィローズをベッドに押し倒し、時間を惜しむように着ている夜着を素早く脱がしにかかる。

男はさっさと自分も裸になると、ベッドの上のリリィローズに馬乗りになった。

「この前の続きなら、口で咥えるところからだな」

「そんな……っ」

「きちんと終わらせたいから、ここに来たんじゃないのか？」

「っ……」

横になった男の股間に仕方なく顔を埋めようとすると、ふてぶてしい声が響いてくる。

「そうじゃない。君の尻はこっちに向けるんだ」

「なっ……」

リリィローズは思わず絶句した。

「まさか貴方の顔にお尻を突き出せと言うの？」

「ああ、そうだ。わかったらさっさとしろ」

自分で押しかけておいていまさらできないとは言い出せず、リリィローズは今夜で最後だからと自分に言い聞かせながら男の顔の上に跨がった。

「ぼさっとしてないで早く咥えろ」

男に急かされ、リリィローズはむっとしながら兆しの見えない肉の塊を頬ばった。

「いい格好だな」

意地の悪い声がして、男の舌が悪戯に花唇をひと舐めする。

「ん……っ」

リリィローズが反応して腰を浮かしかけると、すぐに腰を摑まれ引き戻された。

「君は欲しがりだな。こんなにひくつかせて」

わざと嬲るように囁くと、ノーランの舌は媚肉のあわいに唾液を擦りつける。

「う……ぁ……」

そのうちリリィローズの口腔でも、男の欲望がはっきりと形をとり始めた。

徐々に硬度を増していく肉茎は、狭い口のなかで窮屈そうに膨れ上がっていく。

男の怒張に比例するように、陰唇を苛む舌の動きも淫らさを増す。秘裂の奥につぷりと舌を忍ばせたかと思うと、今度は敏感な肉芽を転がすように舌先で何度も翻弄した。

「んっ……ふぅ……んっ……」

「ん……ふぅ……」

男のものを咥えているから声は出せない。

鼻から息が押し出され、そのまま口に含んでいるのが苦しくなってくる。

「ふ、ぁ」

猛る肉棒を思わず外へ解き放つと、それは艶めかしい光を帯びて誇らしげに揺れていた。

「どうした？　もう口がお留守になってるぞ」

男はからかうように笑うと、なんの前触れもなく蜜液の滲みだした秘裂の中心に指をぐっと突き立ててくる。

「ゃ……あ……っ」

「聞こえるだろ、この音」

指が抽挿を始めると、耳を塞ぎたくなるような粘ついた音が辺りに響いた。

「まるで溶けたバターだな」

「ん……っ……く……」

ノーランはリリィローズの体の下から抜け出すと、易々と華奢な体を組み敷いて、腰を高く抱え上げるなり一気に背後から媚肉の狭間を貫いた。

「ひ、あぁあ……っ」

あまりの衝撃で目の前がくらくらする。

「すっかり俺の形を覚え込んだみたいだな」

リリィローズの腕を逆手に摑むと、まるで手綱でも操るように体を前後に激しく揺さぶった。

「やあ……ぁ……ん……ひ……っ」

リリィローズが白い喉を仰け反らせると、逞しい腰から送り込まれる律動にガクガクと頭が揺れた。

「わかるか、リリィローズ。中がうねって、俺にねっとり絡みついてくる」

「や……そ、なに……揺ら……さ、なぃ……でぇ」

言葉とは裏腹に甘い声が唇から溢れ出る。いつからこんなに淫らな体になってしまったのだろう。

戸惑うあいだにも先走りと蜜液が混じり合う媚孔は、緩急をつけて暴れまわる男の肉棒の奴隷にでもなったみたいに肉襞を痙攣させた。

「も、や……ぁ」

理性が必死で抗おうとするのに、リリィローズの体は男が与える刺激に従順になり飼い慣らされていこうとする。

くすりと笑い、ノーランが動きを止める。そのまましなやかな体を膝の上に引き上げると、後背座位の姿勢でずんずんと腰を打ち付けた。

「ひ、ぅ」

男は律動をやめてリリィローズの顔を振り向かせると、嬌声を漏らしていた唇にキスを与えながら片手で胸を揉みしだく。そうして、もう一方の手は繋ったままの花唇に伸ばされて執拗に肉粒を捏ねくりだした。

「や、ぁっ……そこ……っ……だめ……触ら……な……っ」

背中を仰け反らせていると、腹におさめられたままの剛直が内部でびくびくと律動する。

「ひっう……お腹、く……る、し……」

内壁を満たしたまま動こうとしない充溢感は圧倒的で、内側からリリィローズの体を苛む。

「俺に動いて欲しいなら、前に手をついてどうして欲しいかちゃんと言うんだ。それともこのまま朝まで過ごすか？」

男の問いにひとつしか答えはない。この苦しみから逃れるには、早く終わらせるしか方法がないのだから。

リリィローズはそろそろと前に手をつくと四つん這いの格好のまま、顔だけをノーランに振り向けた。

「本当に嫌なのか？」

「お、お願い、ノーラン……早く、動いて……」

「良い子だ、リリィローズ。いまからたっぷりご褒美をあげるよ」

ノーランは鮮やかに微笑むと、静かに腰を揺らし始めた。

「……ぁ……あぁ……」

蜜口を埋め尽くす、みっちりとした肉茎。それが蜜液の滑りを借りて、次第に抽挿の動きを速めていく。

「あぁ……ひ、う……」

送り込まれる屹立で膣壁を押し拡げられるたび、体の隅々まで甘く蕩けるような疼きに侵食されていく。

滾る剛直で激しく揺さぶられると、リリィローズの細い喉から淫蕩な声が押し出された。

「い……ぁ……あん……あ、んぁ……ぅ……あ、いっ……」

「くそっ、なんて締まりだ……リリィローズ……君のなかは熱く蕩けて……くっ……」

腰に手がかかると律動がさらに激しくなっていく。

「このまま奥に出してやろうか？」

「や、だめ……っ」

リリィローズの処女を奪った夜から、なぜか男は精を放ちたがる。

「欲しいからそんなに中をうねらせているんだろう？」

「ちが……やめ、て……」

ただでさえ侵食された体に、男の種まで宿してはますます逃れられなくなってしまう。

「いや、いや、許して……」

リリィローズが懇願すると、さすがにノーランも胎に精を放つことはしない。その代わり、腹いせのように、甘い責め苦が延々と続く。

「ひっ……う……っ……」

まるで最後の夜を惜しむように灼熱の肉塊に激しく貪られていくうちに、やがてリリィローズの世界が暗転した。


リリィローズが目を覚ましたのは明け方近くになってからだった。

「っ……母、さん……く……」

誰かのうなされる声にそっと目蓋を開くと、隣で眠るノーランが目を閉じたまま苦悶の表情を浮かべている。

「ノーラン、どうしたの？」

その体に触れた途端、弾かれたように男が起き上がる。

「……っ」

ノーランはわずかに息を乱しながら、リリィローズの姿を見下ろした。

「君か……」

癖のある髪をかき上げて、男が静かに息を整える。

「なんだか、うなされていたみたいだけど」

「ああ、昔の夢を見ていただけだ」

「夢……」

それならリリィローズにも覚えがある。

「わたしも、お父様の夢をよく見るわ。いつも決まって旅立つ前で、わたしは止めることもできるのに、お父様を送り出してしまうの」

思わず涙が出そうになり、リリィローズはきゅっと唇を噛みしめる。

思えばノーランが来てからというもの、毎晩のように見ていた悪夢の頻度が減っていた。

幸か不幸か彼によってもたらされた苦悩や体を酷使するような状況に、朝まで泥のように寝入ることが増えていたからだ。

ノーランはふたたびベッドに横になると、涙に耐えるリリィローズを自分の胸に抱き寄せた。

「俺は母の夢をよく見る」

唐突に男が口火を切る。

「……続きを聞きたいか？」

「ええ」

リリィローズがすぐさま頷くと、ノーランが不思議そうな顔をする。

「俺に興味ないと思っていたのに……」

「そんなことないわ」

リリィローズは心の底から男に訴えた。

「話してくれるなら、貴方のことを知りたいわ」

するとノーランはリリィローズの髪を指に絡めながら、静かに語り出した。

「母は昔、ランサスの貴族の屋敷でピアノ教師をしていたんだ。そこでイルビオンから来ていた貴族の留学生と出会い、恋に落ちた母は未婚のまま俺を産んだ」

「それじゃあ、ノーランのお父様はイルビオンの貴族なの？」

驚いて顔を上げると、ノーランが小さく笑った。

「ああ。だが留学期間が終わると、父はイルビオンに戻ることになっていた。父はふたりの結婚に反対する両親に妻子のことを認めさせようと、俺たちを連れてイルビオンに戻ることにした」

昔のことを思い出したのか、ノーランが眉をひそめる。

「父は俺たちをローウッドの屋敷に残して、領地にいる父親に許しを求めに行った。だが、身分違いのふたりの結婚が許されるはずもない。そのまま父は領地に軟禁され、俺たちには追っ手が迫った。醜聞を怖れた父親、つまり俺の祖父が人を雇って、俺たちの口封じをしようとしたんだ」

「そんな……」

いくら体面を守るためとはいえ、人殺しまでするなんて。

リリィローズは驚きに息を呑む。

「俺たちはかろうじて逃げ出すことに成功したが、逃亡生活ではひとところには落ち着けない。それに異国ではまともな仕事につくこともできず、ピアノだけを弾いていた母の美しい手はみるまに荒れて傷ついていった。あげくに母は俺だけをランサスに逃がすため街娼に身を落として死んでいった」

淡々と語るノーランの姿がかえって辛い。

男が貴族を憎む理由や、リリィローズが街娼を追い返そうとしたときに彼が怒ったわけを知り胸が苦しくなった。

誰だってそんな目に遭えば相手を憎んでしまうだろう。

「でも、ノーラン。すべての貴族がそうとは限らないわ。わたしのお父様はとてもやさしくて弱い者いじめなんかしない。それに使用人たちからも尊敬されているわ」

「……ああ、そうだな」

長い間のあと、男が同意する。

「君を見ていると、俺の知る貴族のイメージが揺らぐ」

ノーランの過去を知って疑う気持ちは薄れたが、ふとロバートの言葉を思い出してなんとなく確かめておきたくなった。

「ノーランはわたしのお父様と本当に会ったことがないのよね？」

「……っ」

虚を衝かれたのか、ノーランの視線がリリィローズから逃れるように逸らされる。

それはほんの一瞬の、とてもささいな仕草だったのに、疑いの気持ちが急速に広がっていくのがわかる。

「ねえ、聞いてもいいかしら？」

今度は意図をもって、男の答えを引き出そうとした。

「どうしてノーランはこの屋敷にこだわっているの？」

「知りたいのか？」

「ええ」

ノーランはわずかに迷いを見せたあと、

「まあ、君にならはなしてもいいか。聞いたところで、君が俺をどうこうできるとは思わないからな」

そう前置き、静かに語り出した。

「この屋敷のどこかに、父が遺した指輪があるはずなんだ」

「指輪？」

「その指輪にはローズ公爵家の家紋が彫られていて、俺の出自を唯一証明するものになる」

「ローズ公爵家!?　それじゃあ、ノーランのお祖父様はローズ公爵だったのね」

リリィローズは驚きに目を瞠った。

そういえば舞踏会のときローズ家の亡くなった跡継ぎに隠し子がいると噂されていた。

その隠し子こそがノーランだったということか。

どうやら自分たちは出会う前から、この屋敷を通じて不思議な縁で結ばれていたらしい。

リリィローズは男の胸に抱き寄せられたまま、ぽつりと呟いた。

「お父様の指輪、見つかるといいわね」

「……そうだな」

なぜだろう。今日で最後だと思うと、男の肌のぬくもりがほんの少しだけ心地良いと思ってしまう。思えばノーランに抱かれて、こんなふうにゆっくりとベッドで会話をしたのは初めてのことだ。

浅く頷きながら、男はなぜか感傷に浸るようにリリィローズに深い眼差しを注ぐ。

「君もいずれ、貴族の誰かと結婚するんだろうな」

「わたしは……」

一瞬、声を詰まらせてリリィローズは続けた。

「きっと修道院に入ることになるわ」

「どうしてそうなる？　俺に処女を奪われたからか？」

「そうよ。もしも誰かと婚約することになったら、わたしは正直に相手に話すつもりよ。それで破談になったとしたら、そのときは修道女として生きるわ」

「……だったら俺が責任を取ろうか」

思いがない言葉にリリィローズは息を呑んで、男の顔を見つめた。

「でも、ノーランは貴族が嫌いなんでしょ？」

「ああ」

きっぱり答えたあと、男は少しばつが悪そうに苦笑する。

「そういえば君も俺のことが嫌いだったな。だったら冗談でも、こんな会話を続けるのは不毛だな」

「ええ、そうよね」

奇妙な沈黙が落ちると、ノーランが気を取り直したように言う。

「そろそろ部屋に戻ったほうがいいんじゃないか？　あとでレイナルドが起こしにくるんだろ？」

「ええ」

リリィローズが起き上がり、枕もとに丸まっていた夜着にそでを通していると、その姿を眩しげに見ながら、ノーランがぽつりと呟いた。

「これでもう、君を抱くことはないんだな」

寂しげな声の響きに後ろ髪を引かれつつも、執事に見咎められないうちに部屋に戻ろうと、リリィローズは底冷えのする冷たい廊下をひとり足早に歩いていた。

6章　真実

朝方、自分のベッドに戻ったリリィローズは熱を出してしまっていた。ロバートと会うために中庭に出たうえ、底冷えのする明け方の寒さにやられたのかもしれない。

「ずいぶん顔色が良くなられましたね」

ベッドまで昼食を運んできた執事が、リリィローズの背中にクッションを当てながら安堵の眼差しを向けてきた。

「心配かけてごめんなさい」

リリィローズは上体を起こすと、ベッドテーブルの上のスープを口にした。

ブイヨンと香草束《ブーケガルニ》が効いた野兎のスープは、玉ねぎをたっぷり使っているのかやさしい味がした。

「とても美味しいわ。レイ、ありがとう」

思わず礼を告げると、執事がかすかに苦笑する。

「そのスープは私が作ったものではありません。お嬢様が熱を出されたと知って、ノーラン様が四時間かけてスープを煮込んでおられました」

「わたしのために？」

「はい。それを飲み終えた頃に、お見舞いにも見えるはずです」

それを聞いてリリィローズは不思議に思う。昨夜でノーランとの契約は終了していた。わざわざ見舞いに訪れる必要もないはずだ。

それとも、なにか裏があるのだろうか。

ふと、頭のなかでロバートの言葉がよみがえる。父の失踪とノーランの持っている権利書。このふたつがまったく関係していないとはっきり断言できるのだろうか。

否定しようとすればするほどリリィローズのなかで疑問がふくらむ。

昨夜、ラッセル伯爵と面識があるのかどうか尋ねたとき、ノーランが一瞬だけ見せた奇妙な間。

男は指輪を探す目的でこの屋敷を手に入れたいと言っていたが、もしもそれがただの口実で、別の目的があるのだとしたらいったいなんだというのだろう。

けれどリリィローズには、ベッドで聞かされたノーランの過去が、とても作り話のようには聞こえなかった。

なし崩しに自分の純血を奪った男の話を信じるなんて馬鹿げているかもしれない。現にノーランはこの屋敷に入り込むときも平気で嘘をついていた。目的のためなら相手を脅すことも厭わない男だ。

どこからが真実でどこまでが嘘なのか、疑えばすべてが嘘に思えてくる。

熱に冒されているせいか、リリィローズはそれ以上考えをまとめることができない。

明確な答えを出せないまま半分ほどスープを飲み終えたとき、部屋にノックの音が響いた。執事がドアを開けると、ノーランが芍薬《しゃくやく》の花に似たピンクローズの花束を抱えて現れた。

「思っていたより、顔色が良いみたいだね」

男の本性さえ知らなければ、うっとりするような笑みがリリィローズに注がれる。

「レイナルド、これを花瓶に活けてくれるかな」

ノーランは執事に花を渡すと、体《てい》よく執事を追い払ってしまう。

ふたりきりになると、男はベッドの横に椅子を引き寄せて座った。

「気が張っていると案外無理はきくが、いろいろと解放されてほっとしたんじゃないか？　なんなら例の契約を継続してやってもいいけど？」

「だ、誰があんなこと好きこのんで貴方とするものですか」

リリィローズは精いっぱいの虚勢を張ってすげなく答えた。

「お見舞いだなんてどういう風の吹きまわし？　そうやって寝込んでいるわたしを冷やかしにきたの？」

「それくらい言い返せるなら元気な証拠だ。これでも一応、心配してやったつもりなんだけど」

　男の言葉に嘘はないだろう。そうでなければスープ作りに四時間も費やすはずがない。とはいえ、先ほどまで嫌みの応酬を繰り広げた相手に感謝の気持ちは伝えづらい。リリィローズは困って、遠回しにお礼を告げることにした。

「……さっきのお花、とても綺麗ね」

「ああ、気にしないで受け取ってくれ。あの薔薇は、ここの中庭から摘んできたものだ」

　ノーランは悪びれることなく言ってのける。

「なっ……それじゃあただの泥棒じゃない。お礼を言って損したわ」

「そう怒るなよ。スープを作っていたら、買いに行く暇がなかったんだ」

　そのことを持ち出されると、これ以上不満を口にすることはできない。

「そんなことより、レイナルドは煙草を吸うのか？　嚙み煙草は？」

　なぜいきなりそんなことを聞いてくるのだろう。疑問に思いながら正直に答えた。

「いいえ、わたしが知る限りレイに煙草を嗜む趣味はないわ。それがどうかしたの？」

「……妙だな。俺でもレイナルドでもなければ誰があんなもの吸うんだ？　この屋敷に誰か入り込んでいるのか？」

　自問するノーランに、リリィローズはさっと顔色を変えた。

　貴族階級はパイプや葉巻、紙巻き煙草などを愛用するが、嚙み煙草を好むのは一般階級の男性に多い。もしかしたらロバートが庭でリリィローズを待つあいだ煙草を嗜んでいたのかもしれない。

「どうした？　なにか思い当たることでもあるのか？」

いつの間にか探るような目でリリィローズを見つめていた。

「あるわけないでしょ。わたしは煙草なんて吸わないもの」

「いや、だったらいいんだ。気にしないでくれ」

後ろめたさからつっけんどんに言い放つと、ノーランは話題を変えるように室内を見渡した。

「懐かしいな。ここは昔、俺の子供部屋だったんだ。まあ、家具は違っているから壁紙やそこの天井くらいしか覚えていないが」

「だから屋敷を案内したとき、わたしの部屋がどこにあるのかすぐわかったのね」

「ご名答」

茶化すように言うと、男は組んだばかりの脚を解いて、リリィローズのほうへ身を乗り出してくる。

「な、なによ」

昨日が最後と言っておきながら、またなにか悪さでもするつもりなのだろうか。

これまでの経験から身を硬くしていると、男は真剣そのものの表情で低く迫った。

「頼む、リリィローズ。この屋敷を売ってくれ」

まともな発言に肩すかしを食らいながらも、リリィローズはきっぱり答える。

「諦めて、ノーラン。この屋敷は誰にも売るつもりもないし、お父様が戻るまで、ここを守ると決めているの」

「どうして君はそう強情なんだ」

盛大にため息を吐かれ、リリィローズはすかさず言い返す。

「そういうノーランこそしつこいと思わないの？　もう何度も断っているじゃない」

こうして話はいつもの平行線をたどる。

けれど男が指輪を手に入れたい気持ちもわかる。リリィローズが宝石箱の写真に執着したように、彼にとってその指輪こそがなにより大切なものなのだろう。

「ノーランが欲しいのは指輪なんでしょ？」

「ああ」

「だったら自由に探しても構わないから、屋敷の入手は諦めてもらえないかしら」

「それなら部屋を壊してもいいのか？」

「ええっ！」

どうして指輪を探すのに、わざわざ破壊する必要があるのだろう。

「この屋敷に滞在しているあいだ、俺がぼんやりしていたとでも思うのか？」

ノーランは苛立ちを滲ませながら腕組みした。

「不要品の売却を勧めたのも、それを口実に指輪を探すためだし、わざわざ君に屋敷を案内させたのも、俺の知らない部屋や場所があるかもしれないと思ったからだ」

「それじゃあ、わたしたちが気づかないうちにすべての部屋に入ったというの？　でも、部屋には鍵がかかっていたはずよ」

「それなら問題ない。俺には特殊な技術がある」

「技術？」

リリィローズははっとした。

「そういえば貴方、前にも鍵のかかった玄関から入ってきたことがあったわよね？」

「部屋はともかく、玄関の鍵は換えるべきだな。あれだと泥棒に入れと言っているようなものだ」

悪びれるどころか説教する男に、頭の熱が上がる気がした。

「特殊技術はともかく、レイに言って屋敷の鍵をすべて貸し出すから、どうにか破壊しない方向で指輪を探してもらえないかしら？」

「それは無理だな」

「どうして！」

思わず叫んで、自分の声で頭が痛くなる。リリィローズが疼くこめかみに片手をやっていると、ノーランは頭の後ろで腕を組みながら言った。

「目につく場所や手の届く場所はすべて探した。それでも見つからないということは、普段は目につかない場所に隠されているということだ。それに父は指輪の手がかりでこんな暗号を遺している。――永遠の愛の光が、我が子を正しく導くだろう」

「なんだか皮肉な言葉ね」

隠し場所をしめす言葉を聞いて、リリィローズは肩を竦める。

「ノーランは正しいどころか、悪の道すれすれに進んでいるとしか思えないけど」

「ははは、君も言うようになったな」

男は面白がって膝を打つと、気を取り直したようにリリィローズを見つめた。

「俺が怪しんでいるのは、この部屋と書斎だ」

「この部屋も？　どうして？」

「あれを見ろ」

ノーランは上下できる、シングルハングの窓を指さした。表に面した窓ガラスはすべて透明ガラスがはめ込まれているが、その中のひとつ、最上部にある一枚だけに薔薇をかたどったステンドグラスがはめ込まれている。

「書斎は当主が使う部屋、子供部屋は次期当主のものだ。あちこち見てまわったが、薔薇のステンドグラスがはめ込まれていたのは書斎と子供部屋の窓だけだ」

「でもそれと、貴方のお父様が遺した言葉とどんな関わりがあるの？　薔薇なんて一言も言っていないじゃない」

するとノーランが小馬鹿にしたように鼻で笑った。

「いいか、リリィローズ。薔薇の花言葉は、愛だ。その薔薇のステンドグラスを太陽と関うのか?」

「薔薇が愛なら、太陽が光よね? だからステンドグラスが指輪の在処《ありか》を示しているという可能性はじゅうぶんある」

リリィローズはわずかに考え込んでから答える。

たしかにうまい具合に陽射しが差すと、ステンドグラスの模様が時間の経過とともに床や壁に映し出され幻想的な雰囲気を醸し出す。

「だが、ステンドグラスの光が射した場所をすべて探すとなると、捜索はかなり広範囲になる。場合によっては床板を剝がし、壁を壊す必要もあるだろう」

だからノーランは、屋敷ごと買い取るつもりでいたのだ。

指輪の件は事情があるだけに、迂闊に他人に話すことはできない。そんな中いきなり屋敷を訪れて捜し物をするために部屋を壊したいと言ったところで断られるに違いない。

「ノーランは指輪を探し出してどうするつもりなの? ローズ公爵に自分は孫で、正統な跡継ぎだと証明する気?」

「ああ、そうだ。貴族でもない俺が、じじいに会うにはそうするしか方法がないだろう」

「じ、じじい……」

「俺と母を殺そうとした男だ。誰が公爵などと呼ぶものか」

話を聞く限り、やはりノーランとラッセル伯爵に接点はない。

やはり父の件には関係していないんだわ。

そのことになぜだか安堵して、リリィローズはほっと胸を撫で下ろす。

「大丈夫か？」

「え？」

気遣わしげな表情が迫り、リリィローズの額の上に冷たい手が置かれる。

「まだ熱いな。屋敷のことは君の調子が戻ってからだ。なにか食べたいものがあれば作ってやるぞ？　ホットミルクはどうだ、持ってこようか？」

どうして、とリリィローズは思う。

自分を脅してまで屋敷に居座って純血まで奪っておきながら、なぜ気まぐれな猫のようにときどきやさしくすり寄ってくるのだろう。どうせなら最初から最後まで、意地悪を通して欲しい。そうすればいまみたいにノーランに額を触れられただけで、頬に熱が集まるようなことも起きないだろうに。

「さあ、もう寝ろ」

リリィローズの頬の赤みを体調の悪化と感じたノーランが、体を支えていた背中のクッションを強引に取り上げてしまう。

「早く横になれ。レイナルドが戻るまで俺がついていてやる」

しぶしぶながら横になると、見つめる眼差しに気恥ずかしさを感じてすぐに目を閉じた。

これまで喧嘩ばかりしてきたせいか、彼には自分を取り繕う必要がない。

誰かに見守られる安心感に身を委ねながら、リリィローズは微熱がもたらす眠りのなかにゆるやかに落ちていった。


リリィローズが目覚めたとき、部屋には誰もいなかった。外はすでに暗く、暖炉の炎だけが静かに揺らめいている。

「熱も下がったみたい……」

ずきずきと痛んでいた頭もすっきりして、体も軽くなっている。

リリィローズは水を飲もうと、夜着の上にガウンを羽織ると窓辺に置かれたサイドテーブルに近づいた。

ノーランが言っていた薔薇のステンドグラスを見上げると、それは月明かりを白く反射して、ぼんやり闇に花を咲かせている。

そのまま何気なく視線を落とすと、屋敷の鉄柵のところに白い布がふわふわと揺れているのが見えた。ロバートからの合図だ。あれからまたなにかわかったのだろうか。

「いま、何時かしら?」

置き時計でたしかめると、すでに十時近くになっていた。約束の九時からだいぶ時が過ぎている。

リリィローズは急いでドレスに着替えると、こっそり屋敷を抜けだした。

父のことがなにかわかったのだろうか、それともノーランの一件だろうか。どちらにしろ進展があるのなら聞いておきたい。

中庭に出ると、風はあるが綺麗な月夜の晩だった。知らないあいだに雨が降ったのか、濡れた薔薇が白い光を浴びて淡く光っている。

「こんな時間まで待っているはずないわね」

噴水のまわりに人影がないことを確認して踵を返しかけたとき、

「リリィローズ」

突然、声をかけられて鼓動が大きく跳ね上がった。

「こっちです」

庭の隅に建てられたあずまやから声が聞こえる。リリィローズが近づくと、ロバートがベンチの前に立っていた。

「小雨が降ったので、ここで雨宿りしていたのです」

「ごめんなさい、遅くなってしまって」

ロバートはベンチの上にハンカチを敷いて、リリィローズに座るよう促した。

「ありがとうございます」

腰を下ろすと、ロバートがその隣に座った。

「ノーランから、なにか話を聞き出せましたか？」

「ええ。だけど、お父様の件にはやはり関係がないようでした。なんというか、その、彼には特別な事情があって……」

「それは、彼の生い立ちに関することではありませんか？」

「どうしてそれを？」

リリィローズが目を丸くすると、ロバートが紙切れのようなものをポケットから取り出した。

「これは三か月ほど前にランサスの新聞に載っていたものです。ランサス語はわかりますか？」

「ええ、ある程度は」

切り抜きを広げると、かなり大きく広告が出されていた。

「――当家にゆかりのある青年を探しています。心当たりのある者は八月までに指輪を持って現れたし。ローズ公爵家・専任弁護士チェスター・エインズワース」

ローズ公爵もどうやらノーランのことを探していたらしい。だから彼はランサスからイルビオンへ移ってきたのだ。

「ご存知ですか？　この広告が出て以来、ローズ公爵の屋敷には孫と名乗る青年が次々に現れているそうです。しかもそのほとんどが詐欺師かペテンの類いで、彼もそのうちのひとりなんですよ」

「ノーランが詐欺師？」

そんなこと、にわかには信じがたい。亡くなった母を語るノーランの横顔は悲しみに満ちていた。あれがすべて演技だとでもいうのだろうか。

「でもノーランは、この屋敷に正統な後継者を示す指輪が隠されていると言っていました。だから彼はこの屋敷に固執していたんです。とても嘘をついているようには見えません。それにローズ公爵を騙すのが目的なら、この屋敷に居座る理由がないわ」

「それこそ、やつの狙いなんです」

ロバートはリリィローズの手を取ると、真剣な表情で訴えた。

「あの男は狡猾でしたたかな男です。貴女の同情を誘うようなことを言って、万が一にローズ家の詐欺に失敗したときのために保険をかけているのです」

「どういうことですか？」

リリィローズが尋ねると、ロバートが残念そうに目を伏せた。

「ご自分で気づいていますか？　僕が彼に関する真実を伝えると、貴女はきまって彼を庇うような発言をしてばかりいる」

「っ……そんなことありません！」

「だったらノーランの言葉など、一切信じていないのですよね」

「それは……」

リリィローズは狼狽えてロバートから目を伏せる。弁護士の彼が嘘を言っているとも思えない。かといって、四時間かけてスープを作ってくた男のすべてを疑う気にもなれない。

「あの男に騙されてはいけません。あの男は貴女のやさしさにつけ込んで、この屋敷を奪うつもりです。そして用済みになった貴女はいずれノーランから捨てられてしまうでしょう」

「え……」

息を呑み、思わず顔をあげる。

「ランサスでも、彼に尽くした女性はみな捨てられてしまったそうです。被害者の多くが貴族の奥方やご令嬢方なのも、醜聞を憚って彼女たちが泣き寝入りしてしまうからですよ。だから彼が狙うのは、いつも貴族階級の女性ばかりなのです」

「わたしも、そのうちのひとりだというの？」

なぜだか急に夜風の寒さが身に染みた。

たしかにノーランは出会った頃から、多くの令嬢たちに取り囲まれていた。華やかで会話も巧み、そのうえ淑女のあしらいが上手い。毛嫌いしている貴族階級の女性を手玉に取るくらい、ノーランならわけないだろう。

「……」

「そんなに傷ついた顔をしないでください。貴女のことは僕が守ってみせます」

気がつくとリリィローズはロバートの腕のなかにいた。

息もできないほどきつく抱きしめられ、顔のすぐそばで男のやさしげな声がする。

「こうなったら力尽くであの男を追い出しましょう。そうすれば次のターゲットを求め、ノーランもほかの令嬢のもとへ去るに違いありません」

「ほかの令嬢？」

　ノーランは仕事以外、ほとんどこの屋敷にいるような気がしたが、いつの間にほかの令嬢と知り合っていたのだろう。

「舞踏会の夜、貴女は途中で帰られてご存じないかもしれませんが、彼がメアリーという令嬢と淫らな行為に耽っていたのを見た者がいるのです」

　よりによってメアリーと……。

　リリィローズは病み上がりの体に眩暈を起こしかけて、思わずぐったりとロバートの胸に身を任せていた。

　どうしてこんなにもショックを受けているのかわからない。だが、思い返してみればふたりは舞踏会にいたときから親しそうにしていた。

「リリィローズ……」

　名前を呼ぶ声につられて青ざめた顔を持ち上げると、ロバートの顔がゆっくりと迫ってくる。

　なかば茫然自失でいたリリィローズは、その様子をどこか他人ごとのように見つめていた。

　もう少しで唇が重なる。その瞬間、ガサガサと茂みが揺れる音がして、ロバートが弾かれたように立ち上がった。

「誰か来たようです。また会いに来ます」

　それだけを告げてロバートは音とは反対のほうへ走り去ってしまう。

　そんな彼と入れ替わるようにして茂みから現れたのはノーランだった。

「いま逃げていった男は誰だ？　なにを話していた？」

　厳しく詰め寄られ、リリィローズは思わずノーランから顔を背けた。

　先ほど聞かされたばかりの話が、まだ耳の底に残っていたからだ。

「貴方には関係ないわ」

「この前、君から俺の部屋を訪ねてきた理由はこれか？」

　ロバートから話を聞き出すように言われたのは事実だが、あの晩ノーランの部屋を訪ねたのは自分の意志だ。残りの契約を無視することもできたのに、なぜだか男に会いに行ってしまった。それにどうしても、父とノーランの関係を確かめておきたかった。

「おかしいとは思ったんだ。俺を嫌っているくせに自分から訪ねてきて……少しは君も……」

　自嘲するような呟きは、夜風に紛れて聞き取ることができない。

「秘密の恋人がほかにいたのか？　俺に近づいてなにを企んでいたんだ？」

　一方的に責められて、リリィローズも思わず声を上げてしまう。

「それはノーランのほうでしょ！」

「なんだって？」

「ランサスでどれだけの令嬢を騙してきたの？　わたしにあんなことをしたのは大嫌いな貴族への復讐のつもり？　先に騙したのはノーラン、貴方のほうよ！」

男は言い訳もせず、ふつりと口を閉ざした。

「わたし、気づいてたわ。顔を合わせれば貴方は意地悪ばかりしてくるけど、同じベッドで眠るときだけ、わたしの髪をやさしく撫でてくれていたのを……」

「……っ」

ノーランはわずかに目を見開いたが、すぐに伏し目がちになる。

「あれも、貴方の特殊技術のひとつ？　そうやって大勢の令嬢たちを弄んできたんでしょ？　わたしに話した過去や、両親の話だって全部作り話に決まっているわ」

ノーランは弁解も釈明もしないまま、長いこと沈黙を守っていたが、やがて重い口を開いた。

「薔薇の花を摘んでいるとき、この辺りで噛み煙草のあとを見つけた。君はいつから逃げた男と会っていたんだ？　彼はいったい何者だ？　君との関係は？」

「知らないわ」

「リリィローズ！」

ぐいっと腕を引っ張られ、男の目の前に立たされる。

その目はなにかの感情に囚われたように、どす黒く鋭い光を孕んでいた。

「君に憎まれるのは構わない。だが、前にも言ったはずだ。二度と俺に嘘をつくなと」

「――知らないわ」

リリィローズが答えると、ノーランはベンチに敷いてあったハンカチを摑み上げた。

「そうか、わかった」

ノーランは感情を押し殺したような声で低く呟いて、そのまま外の門扉へ続く小径のほうへ去っていってしまった。

一夜明けても、ノーランが屋敷に戻ってくる気配はなかった。


「ノーラン様はどうされたのでしょう?」

男が屋敷から姿を消して三日が経った。さすがに知らぬ振りもできなくなったのか、執事が遠慮がちにリリィローズに尋ねてくる。

「……ノーランならもう戻らないわ。彼にはほかに行く当てがあるようだから」

「しかし、お嬢様。客室には、まだノーラン様のお荷物が」

「ごちそうさま」

夕食の途中でリリィローズはナイフとフォークを置いた。これ以上、ノーランのことは考えたくない。

「部屋に戻っているわね」

途中で話を切り上げて食堂を出ようとすると、勢いよく玄関のドアを叩く音がして、リリィローズと執事は思わず顔を見合わせた。

「ノーラン?」

「ノーラン様？」

ほぼ同時に声を出し、そのままふたりでエントランスに向かう。

執事がドアを開けると、そこには十代前半の痩せた少年が立っていた。そばかすの目立つ少年は、だぼつくシャツと穴の空いたズボンを穿いてへらへらと笑う。

「こんばんは」

長いこと風呂に入っていないのか、少年から汗と独特な臭いが漂ってくる。

「この屋敷になんの用だ」

場違いな少年の訪問に執事があえて威圧的に対応すると、少年はまた薄笑いを浮かべた。

「おいら、船長に言われて来たんだ」

話を聞くと少年の船は新大陸を出発して、夕方、イルビオンに帰港したばかりだという。少年の体が臭うのはそのせいなのだろう。

「寄港地で荷物を拾ったから、ここんちの屋敷の人に中身を確認して欲しいんだってさ」

その言葉にいち早く反応したのはリリィローズだった。

「その荷物は、ラッセル伯爵のものなの？」

「さあ、おいらに聞かれても詳しいことはわかんねえ。ただ、この屋敷に知らせて確認する人を連れてこいって言われただけだからさ」

少年は馬に乗ってきたのか、玄関脇に黒いシルエットが見える。

「急いで支度をしなきゃ」

ドレスの裾を持ち上げて、リリィローズが急いで部屋に戻ろうとすると、執事が慌てて呼び止めた。

「お待ちください、お嬢様」

「どうしたの？」

「こんな時間にお嬢様が港を出歩くのは危険です。それに船乗りたちは気性が荒いうえに帰港したばかりとなるとなにをしでかすかわかりません。私が行って確認して参りますから、お嬢様はどうかお屋敷でお待ちになってください」

「でも……」

せっかく摑んだ手がかりなのに、ただ待っているだけなのはつらい。

「ふたりして外出の用意をして、辻馬車を拾うだけでも時間がかかります。それよりは、あの少年の馬に乗せてもらって港にふたりで行ったほうが早いと思います」

執事の言うことはもっともだ。リリィローズは仕方なく外出を諦めると、執事の白い手袋の上から片手を握りしめた。

「なにかわかったら、すぐに知らせてちょうだいね」

「はい、必ず」

執事が少年と出て行くと、屋敷は怖いくらい静まり返る。

リリィローズは急いで玄関に鍵をかけると、自室に戻って執事の帰りを待つことにした。

「まだかしら……」

ただ待つだけというのは時間の進みが遅く感じる。リリィローズはさっきから部屋の中を行ったり来たりしてなにも手につかない。

執事が外出して二時間近くが経った頃、ふいに階下から物音が響いてきた。

「レイが戻ったのかしら？」

廊下に出て階段を下りていくと、二階の客室のドアが大きく開いていた。

もしかしてノーランが戻ってきたのだろうか。

「ノーラン？　貴方なの？」

中を覗き見ながら声をかけると、男の背中がぎくりと揺れた。背格好はよく似ているが、よく見ると髪の色や体つきが違う。

「だ、誰なの？」

怯えた声を上げると、背中を向けていた男が笑顔で振り返った。

「僕です、リリィローズ。驚かせてすみません」

「ロバートさん？　どうしてここに」

「それが……その……彼に頼まれて……」

苦しい言い訳に部屋を見渡すと、ノーランが置いていった荷物がすべてひっくり返されている。

ふたりは晩餐会で出会うまで面識がなかったはずなのに、そんな相手に頼み事をするのだろうか。それにロバートはノーランのことを詐欺師だと疑っていた。

だいたい彼はどうやってここまで入ってきたのだろう。

たしかに玄関に鍵をかけたはずなのに。なにかがおかしい。

本能が知らせる警告のままに、リリィローズがその場から逃げ出そうとすると、すぐに追ってきた男に腕を捻り上げられてしまう。

「い、痛い……」

「逃げることねえだろ、リリィローズ」

突然、ロバートの口調が変わっていた。はすっぱな物言いに合わせたように、顔つきまで浅ましく変ってしまったように見える。

「あいつの指輪はどこだ？」

「し、知らないわ……痛っ！」

さらに腕を捻り上げられ、リリィローズは苦痛に顔を歪めた。

「素直に白状しねえと痛い目みるぜ」

「ほ、本当に知らないの。だってノーランもまだ指輪を見つけていないのよ」

「なんだと？」

リリィローズは少しでも玄関に近づこうとロバートに告げた。

「指輪なら、お父様の書斎に隠されているとノーランが言っていたわ」

「よし、そこまで案内しろ」

同じ階にある書斎は、階段の吹き抜けを見下ろすような位置にドアがある。ロバートが指輪探しに気を取られている隙に階段まで逃げ出すことができれば、あとは玄関まで一直線だ。

「ここがお父様の書斎よ」

リリィローズがドアの前で立ち止まると、ロバートはリリィローズの体を押し込むようにして書斎に入った。

それからロバートは腰にくくりつけていた縄でリリィローズの両手首を後ろ手に縛り上げると、書机の椅子に腰かけるよう命じてから、廊下に置いてあった洋燈を取りに行く。

ロバートが戻ってくると室内が明るくなり、好青年からほど遠い狡猾そうな顔をはっきりと映し出した。

「くそ、あのガキ、ふたりとも連れ出せと言っておいたのに、一番見られちゃまずい人間が残ってるじゃねえか。これなら残りの報酬は支払う必要もねえな」

「っ……それじゃ、あの呼び出しは貴方が仕組んだのね。どうしてそんなことを？」

リリィローズが問い質すと、ロバートはふんと鼻を鳴らす。

「ローズ公爵の跡継ぎになるには、どうしてもあいつの指輪が必要なんだよ」

「それじゃあ、ノーランは本当にローズ家の血を引いているのね。わたしに聞かせてくれた話は、全部本当のことだったんだわ」

それなのにリリィローズは、疑うようなことを男に言ってしまった。

ノーランはリリィローズを信用して大事な話をしてくれたのに、リリィローズのほうが彼を裏切るような真似をしていた。

深い後悔に苛まれていると、ロバートが焦れたように言い放つ。

「指輪はどこに隠してあるんだ？」

「知らないわ、この部屋のどこかよ」

「チッ、面倒だな。すぐに見つからねえってことは隠し扉でもあるのか？」

ロバートはぶつぶつ文句を言いながら、洋燈の灯りを頼りに室内を荒らし始めた。

壁を叩きまわったあと、作り付けの書棚からすべての本を払い落とすと、今度はそこに仕掛けがないか調べていく。

そこになにもないとわかると、今度は火の落ちた暖炉の中まで探し始めた。

「くそ、どこだ？　どこに隠してある」

暖炉から這い出したロバートが手の甲で顔を拭うと、鼻の下が黒く汚れ、リリィローズの薄れかけていた記憶を呼び起こす。

煤で汚れた顔はまるで口髭をつけているようだった。そしてその顔は、父にダイヤモンド鉱山の投資話を持ちかけたマッケンジーの横顔に酷似していたのだ。

「貴方がマッケンジーだったのね！」

「チッ、やっぱり覚えていやがったか」

ロバートは忌々しげに呟くと、続いてチッと舌打ちする。

「お父様はどこなの？　貴方、お父様になにをしたの！」

矢継ぎばやに尋ねると、ロバートはせせら笑ってリリィローズに近づいてきた。

「あのお人好しの伯爵様なら、旅の途中で身ぐるみ剥がして崖から突き落としてやったぜ」

「そんな……」

だからマッケンジーを夢で何度も見たのだろうか。父がなにかを知らせようと、いままでずっと夢枕に立っていたのだとしたら。

「お父様を返して！」

リリィローズが睨みつけると、男は胸もとのリボンを摑むようにして、リリィローズ体をぐいっと自分のそばへと引き上げた。

「あんたには顔も見られていたし、ほとぼりが冷めるまでランサスで大人しくしているつもりだったんだ。けど、新聞広告で次のカモを見つけちまってな」

「……それがローズ公爵家なの？」

「ああ、そうだ」

リリィローズは父の死を知らされたショックから、半ば呆然と話を聞いていた。

「だから俺はイルビオンに戻ると、ローズ公爵家の前で本物が来るのを待ち伏せていた。そいつから指輪を巻き上げて、俺が跡継ぎだと名乗り出るつもりだったんだ。そこに現れたのがノーランだ」

ロバートはにやりと唇を歪める。

「やつは屋敷に入ろうとせず、ただじっと怖い顔で屋敷を睨み続けていた。それでピンときたんだ、やつが本物のローズ公爵の孫だってな」

だからロバートは、指輪を奪おうとして晩餐会に現れたのに違いない。

「だがノーランに近づこうにも、やつは警戒心が強くてなかなか人を寄せ付けない」

ロバートは眉をつり上げると、忌々しげに吐き捨てた。

「人を雇って酒場で襲わせたりしてみたが、全員返り討ちにされちまってな。だから、計画を変更してあんたに近づくことにしたんだ」

「わたし？」

訝しんでいると、ロバートが不敵な笑みを浮かべた。

「あの男は、同じ女と半月以上続かない。それなのにどういうわけか、やつはこの屋敷にだけは長く入り浸って、ラッセル伯爵の失踪についても外で嗅ぎまわっていやがった」

初めて知らされる事実にリリィローズは愕然とする。

「やつが手強いなら、世間知らずのあんたから落とそうと考えたんだ」

リボンを掴む手がゆるみ、リリィローズは音を立てて椅子に座り込む。

「けど問題は、以前あんたに俺の顔を見られちまっていることだ。あんたは気付いていないだろうが、イルビオンに戻ってから俺は何度か姿を見せている。俺の顔を覚えているか、たしかめておくためにな」

「それじゃあ、この前、舞踏会で会ったのも……」

「いわゆる最終チェックってやつさ。顔は覚えていなくても、声に聞き覚えがあるってこともあるだろ。だから事前に偽の招待状を用意して、あんたが出席する舞踏会に潜り込んだってわけさ」

男の話を聞きながら、リリィローズは椅子の背後にある書斎机の引き出しからナイフを取り出していた。普通、手紙の開封にはペーパーナイフを使うのだが、ラッセル伯爵が愛用していたのは東方の国から輸入された美しい飾り柄の小刀だった。

その小刀で気付かれないよう縄を切りながら、リリィローズは男の気を引くように懸命に話しかけた。

「わたしが顔を覚えていなくて、さぞほっとしたんでしょうね」

「ああ、だがノーランの件で再会するとはな」

「……わたしもお父様と同じ目に遭わせるつもり？」

緊張から声が震える。

ロバートは優越感に満ちた表情でリリィローズを見下ろしていた。

「まあ、あんたの心がけ次第じゃ見逃してやってもいいけどな」

男が意味ありげに目を細める。

「お願い、殺さないで……」

「だったら迂闊に訴えられねえように、ふたりだけの秘密でも作っておくか」

下卑た笑みを浮かべ、男がリリィローズの胸のリボンを解いていく。

「警察に駆け込んだり、ノーランに助けを求めるようなことをしてみろ。世間に俺たちのあいだで起きたことを暴露してやる。そうすりゃ、あんたの人生は終わりだ。まともな結婚もできず社交界には二度と顔を出せねえ」

男の考えがわかって、リリィローズは縄を切り終えたと同時に、ロバートの向こう臑を思いきり強く蹴飛ばしてやった。

「くそアマ！　なにしやがる！」

しゃがみ込んで呻くロバートを尻目に、リリィローズはナイフを手にしたまま書斎から出て行こうとした。

「そうはさせねえ！」

「きゃ……っ」

男がリリィローズの腰に飛びつき、そのまま前に倒れ込む。とっさにナイフを握っていた手で男を威嚇しようとすると、男がぎゃっと悲鳴をあげた。

「クソ、クソッ！　よくも俺の手を！」

見ると、男の手から血が流れ出ている。

「……っ」

怖ろしさから持っていたナイフを投げ捨てると、リリィローズはふたたび立ち上がって廊下へと駆け出した。

「待ちやがれ！」

できれば階下に行きたいがナイフを拾ったロバートに先回りをされて、リリィローズは仕方なく上の階を目指して必死で駆けあがった。

「ここを開けろ、リリィローズ！」

急いで自室に駆け込んで鍵をかけると、ロバートがドアを激しく叩きながら大声でわめき出す。

「ここを開けろ！　言うこと聞かねえとぶっ殺すぞ！」

リリィローズはドア付近にあった花台やサイドテーブルを引きずると、ドアの前に臨時のバリケードを作った。

「もうじき執事が戻ってくるわ！」

廊下に向かって叫ぶと、ドアを叩く音がぴたりと止んだ。

どうやらロバートも諦めたらしい。

執事が戻るまで部屋で籠城していようと覚悟したとき、ぱちぱちとなにかが爆ぜるような音がした。おまけにドアのすき間からきな臭い臭いが立ち込めてくる。

「ぎゃはは！　これで死人に口なしだ！　どうせ手に入らねえなら、指輪もやつには渡さねえ！　全部灰にしてやるぜ！」

ロバートの高笑いと叫び声が遠ざかっていくと、うっすらと白い煙が漂ってきた。

「燃えてる……」

リリィローズは慌ててバリケードを退けると、ドアを開けて廊下に飛び出した。見ると階段のすぐそばから火の手が上がっているのが見えた。

「っ……そうだわ、宝石箱を」

リリィローズは部屋に戻ると、家族写真が入ったままの宝石箱を手に取った。

それから急いで廊下に出たものの、明らかに火の手の勢いが増している。炎と煙を避けるようにして階段を下りていくが、もうもうと立ち込める煙のなかで階段を踏み外し、二階の踊り場のところで倒れ込んでしまった。

「痛……っ」

運の悪いことに、落ちたときに足を挫いたらしい。宝石箱もどこかに転がってしまい、煙のせいですぐには見つけることができない。

どうやらロバートは書斎に火を放ったあと、階段にも洋燈を投げつけていったらしい。

火のまわりが怖ろしく早い。

熱風と煙が倒れ込むリリィローズに容赦なく襲いかかった。

「ケホッ……ケホッ……」

煙が、視界を奪い、喉を塞ぐ。

もうだめだ。リリィローズが諦めかけたとき、誰かに名前を呼ばれた気がした。

お父様？　いいえ、違う、この声は……。

「リリィローズ！」

火の海をものともせず、ノーランが一足飛びに階段を駆けあがってくる。

その顔は凜として、真剣な眼差しが端正な容姿を精悍に際立たせた。

「大丈夫か？」

「足を痛めて動けないの」

それを聞いたノーランはリリィローズの体を横抱きにすると、その場にすっと立ち上がる。

「安心しろ。俺が下まで運んでやる」

そういうなり、男は風を連れて、階段を駆け下りていく。

「ま、待ってノーラン……！」

ようやく屋敷の外に出て激しい振動と煙から解放されたリリィローズは声をあげた。

「どうした？」

「わたし、戻らなきゃ。さっきの場所に宝石箱を落としてきたの」

ノーランはその場にリリィローズを下ろすと、すぐさま告げた。

「君は屋敷から離れて待ってろ」

それだけを言い捨て、ノーランが屋敷の中へ消える。

「待って、ノーラン！」

追いかけようとしたが、挫《くじ》いた足が邪魔をする。なすすべなくリリィローがその場に立ち尽くしていると、執事が辻馬車から降りて駆け寄ってくるのが見えた。

「お嬢様、いったいなにが！」

「ロバート、いいえ、マッケンジーの仕業よ。彼が屋敷に火を放ったの」

「マッケンジー？　たしか領地に訪ねてきた男でしたね？」

「ええ、そうよ。あの男がお父様を騙して、崖から突き落としたのよ」

「なんですって？」

そのとき火の勢いで二階の窓ガラスが割れ、パリンパリンと音を立てながら近くに降り注いできた。

そこから噴き出した炎は夜空を焦がさん勢いで、赤い触手を空に向かって伸ばしている。

「ここは危険です。もっと後ろに退がってください」

「でもまだノーランが中に」

そのとき、ドアを開け放ったままの玄関からものすごい勢いで黒い煙が流れ出してきた。

「この勢いではもう無理です。ノーラン様のことは諦めてください」

「いやよ、だってノーランはわたしのために宝石箱を取りに戻ってくれて……」

「ですが、この勢いでは無事にはすみません」

「そんな……！」

体の内側からなにかが剝ぎ取られていく。いつの間にか共生していた男の存在が、リリィローズのなかから抜け落ちていこうとしていた。

「そんな……お父様ばかりかノーランまで失うなんて……」

痛みにも似た絶望に、心が引き裂かれる。

こんなことになるのならもっとやさしくしておけば良かった。なぜかいまになって思い出されるのは、彼に意地悪されたことよりやさしくされたことばかりだ。

「ノーラン、ノーラン！」

リリィローズが足を引きずりながら、屋敷に駆け込もうとすると、それを必死に執事が引き止める。

「いけません、お嬢様！　お退がりください！」

「嫌よ、ノーラン！」

そのとき黒い塊が転がるようにして外に飛び出してきた。

「ゲホッ、ゲホッ！」

「ノーラン！」

激しく咳き込む男に急いで駆け寄ると、リリィローズは焦げた臭いが染みついた男の体をきつく抱きしめた。

「良かった、ノーラン！　無事だったのね！」

ノーランは宝石箱を差し出すと、リリィローズに静かに告げた。

「もう一度戻って、火を消してくる」

「そんな、だめよ！」

「どうして止める？　君がなにより守りたがっていた屋敷だろ。それに俺の指輪も、まだなかにあるんだ」

またパリンと音がして、火の手が勢いを増していく。開け放たれたドアから赤い炎が腰の高さにまで成長しているのが見える。こんななかに戻っていけば、今度は確実に無事では済まないだろう。

「もういいの！」

リリィローズは必死に叫ぶと、ノーランの胸に取り縋った。

「これ以上、大事な人を失いたくないの！　いまは屋敷より貴方のほうが大切なの！」

「リリィローズ……」

男は驚いたように、目を瞠る。

「指輪ならあとで一緒に探すから……だから、お願いよ……」

リリィローズの瞳から涙が零れる。

父を止めることは出来なかったが、今度はなにがあっても彼を引き止めようと思っていた。もう二度と後悔はしたくない。

リリィローズは碧い目に涙を浮かべると、目の前の男に懸命に訴えた。

「貴方が欲しいの……だからお願い、わたしのそばにいて……」

ノーランははっと息を呑み、そのままリリィローズを抱き寄せると、炎よりも熱く感じる唇でリリィローズの口づけを盗んだ。

「ん……っ」

これまでが奪うような口づけなら、これは捧げるキスだ。

重なる唇の狭間からノーランの思いが溢れんばかりに伝わってくる。

「俺のことが好きか？」

以前にも問われた質問に、リリィローズは迷うことなく答えた。

「ええ、大好きよ。悔しいけれど、貴方のことを愛し始めてるわ」

「リリィローズ……っ」

男の唇が再度重なる。

今度は激しく吐息を奪われて、リリィローズの手から宝石箱がすべり落ちる。

それは地面にぶつかって、開いた蓋のすき間から小さな音を奏でた。

「オルゴールが……いままで鳴らなかったのに……」

驚いて宝石箱を拾い上げると、中でカタカタ音がする。

リリィローズが引き出しを開けると、写真と一緒に薔薇とドラゴンの紋章が刻まれた金の指輪が転がりでた。

「ノーラン、この指輪って！」

「ああ、ローズ公爵家の家紋だ。これが奥で引っかかっていたから音が鳴らなかったんだな」

「でも、どうしてこんなところに……」

耳を澄ませば、断片的に聴こえていた音がひとつの曲となって耳朶に流れ込んでくる。

「っ……わかったわ、この音楽よ」

ノーランが訝しげに目を細める。

「この曲のタイトルは『永遠の愛の光』、ノーランのお父様はこの宝石箱のことを言っていたのよ」

「そういえば両親の出会いは、母にピアノを習ったことだと言っていた。もしかしてこの曲がふたりの想い出の曲なのか」

おそらく宝石箱はずっと屋敷にあったに違いない。それをリリィローズの母が気に入って、写真入れとして使っていたのだろう。

屋敷と宝石箱。それが不思議な縁でリリィローズとノーランを結びつけ、曲と同じ運命をふたりにもたらそうとしていた。

「君のおかげだ、リリィローズ」

ノーランは燃え盛る屋敷を背に、リリィローズに心からのキスを贈った。

空を焦がす炎に混じって、舞い上がる火の粉が星を追いかけていく。

ふたりは互いの手を取りながら、その様子を静かに見守り続けていた。

エピローグ

ローズハウスは全焼を免《まぬが》れたものの再建を余儀なくされた。

逃亡していたロバートは詐欺と殺人、それに放火の罪で投獄され、リリィローズはラッセル伯爵の死亡届を提出した。

それにともなう煩雑な手続きを行うため、リリィローズは執事とともにローウッド市内の仮宅にひと月ほど留まっていたのだが、週明けにも領地に戻る予定になっている。

その仮宅の前に、執事が御者をつとめる箱馬車がゆっくりと停まった。

人目を避けるように喪服姿のリリィローズが乗り込むと、中にはすでに先客がいて、赤いベルベットの座席に優雅に腰かけていた。

「こんなときにすまないな。来てくれてありがとう」

ノーランはリリィローズの手を取って隣に座らせると、壁を叩いて御者台に合図を送る。

すると馬車は、ローズ公爵邸に向けて静かに走り始めた。

「本当にわたしが同席してもいいのかしら？　ローズ公爵家の弁護士はノーランだけを招いたのでしょ？」

男がローズ公爵家の孫であることは、リリィローズと執事のみが知る事実だ。

あの火事の後、先方に指輪の紋章で封蝋した手紙を届けると、ノーランは正式にローズ邸に招待されることになった。

「君は俺の恋人だ。誰にも文句は言わせない。それに……」

物憂げな表情を見せて、男が口を閉ざす。

祖父との初対面を前に、さすがのノーランも少し神経質になっているようだ。

そんな恋人を勇気づけようと、リリィローズは家紋入りの指輪が光る男の右手に触れた。

「大丈夫、きっとうまくいくわ」

リリィローズの笑顔にノーランも小さく微笑んで応える。

「俺はこの日がくることをずっと夢に見てきた。直接じじいに会ったら、ありったけの罵詈雑言を浴びせて俺たちが受けた苦しみを訴えてやろうと心に決めていた。それだけを目標に俺はいままで生きてきたんだ」

男はそっとリリィローズの手を握り返した。

「それなのにいざとなると、そんな気持ちが薄れてしまった。あれほどあった復讐心がいまはどこにも見当たらない」

話に耳を傾けながら、ノーランの心中を思うと複雑な気分になってしまう。

「俺が公爵家を乗っ取って、じじいを破滅させてやるくらいに思っていたのに、いまとなってはどうでもいい。俺が復讐を果たしたところで父や母はもう戻らない」

男の言わんとしていることが、リリィローズにはなんとなくわかるような気がした。

彼女自身、理不尽な男の仕業で大切な父親を失ったと知ったばかりだ。どんなに犯人を憎んだところで失った悲しみは消えることはない。たとえ憎しみで目を眩ませても、気がつけば独りだ。

「わたしもロバートのことは死ぬまで許せないわ。だけど……」

リリィローズは碧い眼差しでノーランをとらえ、淡く微笑みかけた。

「憎む相手のために自分の時間を費やすより、わたしはノーランとの時間を大切にしたいわ。だって本物の愛を得ることのほうが、はるかに難しいことだと思うもの。だからお父様の死を悼んではいるけれど、このまま悲しみや憎しみに囚われるより、あなたとの未来に生きたいと願ってる」

「……おいで、リリィローズ」

ノーランはその胸にリリィローズを抱きしめると、彼女の悲しみを癒やすように、何度も指で髪を解きほぐしその額にやさしくキスをした。

「俺を嫌っていた女の言葉とは思えないな」

こんなときまで皮肉る男にリリィローズは苦笑する。

「ええ、そうよ。わたしは貴方が大嫌いだったわ。でもそういう貴方だって、わたしに愛想を尽かして出て行ったじゃない」

屋敷が火事になる前、ノーランは嘘をついたリリィローズに失望したように出て行った。自分がまいた種だとわかっていても、戻ってこない男に内心ひどく落ち込んでいたのだ。

「ああ、あれか」

ノーランはくすりと笑うと、ポケットから白いハンカチを取り出した。

「あのときは君に密会相手がいると思って一瞬腹を立てたが、冷静になって考えれば君はそれほど器用な人間じゃない。だからベンチに敷かれたハンカチに気付いて、噛み煙草の男を追ったんだ」

「じゃあ、わたしに愛想を尽かして出て行ったわけじゃないのね？」

「ああ。だが、俺が嗅ぎまわっていることにロバートも勘づいたらしく、俺がいない隙に屋敷に乗り込まれた。こっちの国ではまだ使える駒が少なくて、やつの正体を突き止めるのに手間取っていたんだ」

「……良かった」

ほっとしたようにリリィローズが息を吐くと、男は満足そうに微笑んだ。

「ひとりにして悪かったよ。でも、まさか君がそんなに気にしていたとは思わなかったな」

面白そうに目を細めるノーランを見て、リリィローズはキッと睨みつける。

悔しいけれど、男に去られてからのリリィローズは抜け殻のようだった。彼がいなくなってみて初めて、男の存在の大きさに気づかされたのだ。

でもそのことを伝えれば、またノーランが調子づいてしまうかもしれない。

リリィローズはあえて憤然と言い放つ。半分は照れ隠しと同じだ。

「ほら、その態度よ！　皮肉屋でいつも余裕ぶって、わたしの弱みにつけ込んで無茶なことばかり要求してきたくせに！　おかげでわたしはお父様のことを心配するだけじゃなく、貴方という厄介事にも頭を悩まされていたわ」

「それは仕方ない。途中からは、俺がそうなるように仕向けたんだから」

「え……？」

男の胸に顔を埋めていたリリィローズは眉をひそめて男を見上げた。

「それってどういうこと？」

「じつは君に黙っていたことがある。俺は以前、ラッセル伯爵と一度だけだが会ったことがある」

「本当なの？」

驚きに目を瞠ると、ノーランが浅く頷く。

「あれはラッセル伯爵が船出をする前。俺はとある人物を介して、屋敷の売買交渉をしたいとラッセル伯爵に申し出ていたんだ」

「じゃあ、あの権利書は？」

「ラッセル伯爵から買い取った、というより預かったというほうが正しいな。だから権利書が複数あることも事前に知っていた。おそらくラッセル伯爵は、視察に出かける前から身の危険を感じていたんじゃないかな。権利書をあえて三分割にしておいたのも、本気で屋敷を売却するためじゃない。万が一のとき、君の諦めがつくようにしておいたんだ」

「諦めるってなにを……」

リリィローズは狼狽に声を震わせ、ノーランの視線を避けるように睫毛を伏せた。

「君も薄々わかっていたんだろう？　ラッセル伯爵が戻らないことを」

「……っ」

「連絡が途絶えたとき、この世にはもういないと君はわかっていたはずだ」

「いいえ……そんな……」

何度も首を振りながら、リリィローズは必死で涙を流すまいとする。

そんなリリィローズの顎を持ち上げると、ノーランは諭すように瞳の奥を覗き込んだ。

「レイナルドやほかの使用人たちも、みんなラッセル伯爵の死に気づいていた。あの頃、それを認めていなかったのは君だけだ。いずれラッセル伯爵が戻るという君の嘘にみんなが付き合っていただけだ」

吹きつける風で湖面が波立つように、碧い瞳にじんわり涙の膜が揺れる。

「だから俺は頑なに真実から目を背けようとする君にあえてひどい仕打ちをした。俺はじじいに対する憎しみで母の死を乗り越えていたから、同じように憎む相手がいれば君も立ち直れると思い込んでいたんだ。まあ、処女を奪ったのは想定外だったが……」

「そう、だったのね……」

リリィローズの瞳から涙が静かに零れていく。父親が消息を絶ちロバートに殺されたとわかってから、リリィローズは初めて死を悼む涙を流していた。

一度、悲しみに打ちひしがれてしまえば二度と立てなくなると思っていたからだ。けれどいまは、その涙を拭い支えてくれる人がいる。

「最初はみんなを心配させないようにと思ってついた嘘だったの。でも段々と、その嘘にわたし自身が縋るようになってしまった。だって認めたくなかったの。お父様ともう二度と会えないなんて、そんな……」

ノーランは泣き崩れるリリィローズを抱きしめると、なだめるように何度も頬にキスをした。

「俺はいまだに貴族が嫌いだ。でも君だけは……どうしても嫌いになれなかった」

流す涙を堰き止めるように、男の唇が白い頬に惜しげもなく与えられる。

「ラッセル伯爵の喪が明けて、君の悲しみが癒える頃、俺は君に結婚を申し込むつもりでいる」

「……っ」

思いがけないプロポーズに華奢な肩が大きく揺れた。

「君が許してくれるなら、俺はローズ公爵家の孫ではなく、ただのノーラン・シトロエンとして君に結婚を申し込みたい」

「それって……」

「俺は爵位を引き継がない」

揺らぎのない声は、男の強い決意を感じさせる。

「俺は絶対にじじいを、いやローズ公爵を許すことができない。だから直接会って文句を言うより、あいつが一番望むものを与えないつもりだ。俺たち親子を犠牲にしてまでローズ公爵が守ろうとしたのは家名と正統な血筋だ。だったら俺が現れなければローズ公爵はどちらも失うことになる」

「本気なの？」

「ああ。俺は君と違ってお人好しじゃない。それなりの報復はしてやるつもりだ」

立て続けに驚かされ、涙はすっかり止まっていた。凝縮された悲しみの跡は、わずかな熱とかすかな掻痒だけを残している。

「ただ気がかりなのは、君に結婚を申し込んだとき、君が社交界からどう思われるかということだ。婚約者が一介の資本家なのと、ローズ公爵家の孫では重みも扱いも違ってくるんだろう？」

「それはそうだけど……」

「君は貴族として生まれ育った。どうしたって社交界からは逃れられない。結婚によって上位階級を望むなら、君のために俺はローズ家の爵位を引き継いでもいい」

「そんな……自分のためなら爵位を捨てるのに、わたしのためなら自分が嫌う貴族になるというの？」

「ああ、そうだ。さっき君が言っていたじゃないか」

ノーランが穏やかに目を細める。

「憎しみや悲しみに囚われず、俺との未来に生きたいと。だったら俺も君のために復讐心やこだわりも捨てる。君との未来に爵位が必要というのなら、俺はあえて公爵になる」

「ノーラン……」

男の気持ちがうれしくて、リリィローズは自分から男の背中に腕をまわした。

「爵位なんて必要ないわ。わたしにはノーランがいればいいの。それに順序は逆になったけど、わたしは貴方に純血を捧げたのよ。もうわたしは貴方の花嫁も同然よ」

「ああ、そうだな。君は俺だけのものだ」

ノーランは目もとの笑みを深めると、小窓から顔を出して、御者台にいる執事に大声で伝えた。

「レイナルド、行き先変更だ！」

「どちらに行かれるのですか？」

風で声が流されないよう、ふたりの男は声を張り上げながら会話を続ける。

「郊外の、どこか見晴らしのいい場所まで連れて行ってくれないか」

「しかし公爵家ではみなさまがお待ちでは？」

「いいんだ、あいつらは好きなだけ待たしてやれ！」

「で、ですが……っ」

戸惑う執事をあっさり無視し、ノーランはさっさと小窓を閉じると、その様子を見守っていたリリィローズに身を乗り出すように迫った。

「これで時間ができたな」

にやりと片笑むノーランにリリィローズは嫌な予感を覚える。

「な、なにを考えてるの？」

「お互いの気持ちを再確認したら、恋人とすることはひとつだろ？」

「ふ、ふざけないで！　ここは馬車の中なのよ」

「爵位にはこだわらないくせに場所にはこだわるのか？」

じりじりと迫る男にリリィローズの背中が行き場を失う。

急いで向かい側の席に移ろうとすると、それより早く背後から腰を摑まれ、男の膝の上にのせられてしまう。

「ふざけないでノーラン！　どうして貴方はいつもわたしを困らせるようなことばかりするの？」

「むきになって嚙みつく君はからかいがいがあるからだろ。それに俺の目的は、君を困らせたり怒らせたりすることじゃない。甘く泣かせることなんだ」

にやりと唇の端を持ち上げてノーランは背後からリリィローズの胸を弄ると、もう片方の手でドレスの裾を割りながら穿いていたドロワーズを脱がそうとする。

「あ、貴方って本当に悪趣味ね。いまはまだ昼なのよ」

「それに付き合う君も同類だと思うけど」

「わ、わたしは巻き込まれているだけよっ」

思わず反論するとノーランがふっと目を細め、整った顔に妖しげな笑みを浮かべた。

「普通の会話にはもう飽きた。この先は俺たちにしかできない会話があるだろ？」

ノーランの手慣れた腕はドロワーズを剝ぎ取ると、まだ文句の言い足りなそうなリリィローズの顔を自分に向けさせて言葉を唇で塞いでしまう。

「ん……」

浅い息を繰り返すリリィローズに男は顔を近づけると、その甘い吐息が零れる唇にしっとりと自分の唇を重ねていく。

そうして頑なな唇を舌で割ると、舌で口腔を探りながら乳首をつまんできた。

リリィローズはうっと息を詰める。男のキスで口が塞がれているからくぐもった声しか出せないが、その声に愉悦の色が混じり始めていることに男はとっくに気づいていた。

「あ、……や……」

いつの間にか花唇にも指が伸ばされると、薄紅色した媚肉を弄ぶように触れられる。いつにも増して丁寧に蜜口のまわりをほぐされ、じわじわととろみを帯びた蜜が滲んでくる。

「嫌だと言ってるわりに、いつもより濡れるのが早いんじゃないか？」

「そんなこ……あっ……」

男の指は的確に陰核を探り当て、指の腹で肉粒を萌芽させようと躍起になる。

「あ、だめ……さわら……っ……」

淫らな指から逃れようと男の膝で腰が揺れる。

「煽情的な腰つきだね。そうやって俺を誘ってるの？」

気がつけばリリィローズの尻たぶの下で男の欲望が形を変え始めていた。

「……っ」

男はもどかしい下肢の熱をそのままに、リリィローズの口腔を舌で蹂躙する。

赤い舌が小さな舌を舐めては絡め、絡めては擦りつけ、粘膜と唾液の狭間で官能の余韻を引き延ばそうとする。

ノーランが下穿きの前を寛げるとそこはじゅうぶんすぎるほど猛っていて、いまにもリリィローズに襲いかかろうと獰猛な鎌首をもたげていた。

「ま、まさか最後までするつもりじゃないわよね？」

その問いに答えないまま男はリリィローズの下から体を退かすと、白いお尻を座席に浅く腰かけさせた。

それから素早く膝を割ると、上から押さえ込むようにしてリリィローズの秘裂に滾る欲望を擦りつけてきた。

「あ、や……なに……？」

「挿れられたくないなら、じっとしてることだな」

男のそそり勃つ剛直が花唇を嬲るように前後にゆっくりと動き出す。

肉茎は秘裂のうえを何度も行き来して、そのたびに肉粒が擦られてぷっくりと芽を覗かせた。そうして萌芽させた陰核を男の肉棒が間断なく刺激を与える。

「い……ぁ……あ、ぁ……」

荒い呼吸が止まらない。リリィローズが刺激に耐えるよう俯くと、閉じた内股のあいだから男の亀頭がぬっぬっと押し寄せては戻っていくのが見えた。

「ノーラン、もう……」

止めてと言いたいのに、言葉は喘ぎに埋もれて声にならない。

ノーランは嗜虐を匂わせる笑顔を覗かせながら、リリィローズの言葉を都合良く解釈した。

「ああ、わかってる。このままじゃ物足りないんだろ？」

ノーランはリリィローズの膝裏に手を添えると、秘裂の中心を馬車の天井にさらすように大きく開かせた。

「君におねだりされたら、叶えないわけにはいかないな。心配しなくても奥までたっぷり擦ってあげるよ」

「ち、が……あぁあっ……」

上から杭を打ち込むように、熱い怒張が媚肉のあわいに突き立てられる。

「ひッ…………う……」

媚肉をこじ開けられ蜜孔に潜り込んでくる肉棒の圧迫感に、全身から汗が噴き出し喉から声を奪っていく。

「……っ……ぁ……」

「ああ、もう中がぐちゃぐちゃだな。こんなに濡れるまで俺のこと我慢してたんだ？」

ノーランはうれしそうに目を細め、やさしく包む肉襞の感触にうっとりとため息をついた。

「ぎゅうぎゅうに俺を締めつけて、本当にいやらしい体だ」

「やっ……ち、が……っ……」

男は自分の欲望を蜜孔に埋め込んだまま、リリィローズの喘ぐ唇や胸の尖りへ唇や舌を這わせた。

そうすると男の楔がより深く奥に届いて、リリィローズは知らないうちにぎゅっと男を締めつけてしまう。

「くるし……おねが……も、ぅ……ぬい、て……」

「抜く？　動いて欲しくないのか？」

リリィローズが必死で首を縦に動かすと、ノーランは酷薄な笑みを投げ返す。

「まあ、俺が動かなくても、ここから先は同じようなものだけどな」

「え……？」

首を傾げた途端、ガタガタと馬車が大きく揺れ出した。

「あ、あ、あ……っ」

車輪の振動に体が上下に揺さぶられる。

「景色がいいところってたいていい道が整っていないいんだよな」

まさかノーランはそんなことまで計算して行く先を指示したのだろうか。

悪路のせいで馬車が不規則に揺れると、小刻みな振動が刺さったままの肉棒を介して蜜孔に増幅されて伝わってくる。

「ひ、ぅ……あ、あぁ……っ」

「俺はこのままでも構わないけど、君が困るんじゃないかなあ？　だって俺が終わらなきゃ、この先も俺を咥えたまま悪路を進むことになるんだぞ」

その瞬間、石に乗り上げた車輪が大きく弾み、リリィローズのお尻が座席から浮かび上がる。ふたたび座席に体が戻ったときには予想外に深く貫かれ、リリィローズは喉の奥でくぐもった悲鳴を上げた。

すると御者台から執事の気づかう声が響いてきた。

「この先一時間は悪路を進むことになります。速度を落としてもよろしいでしょうか？」

「いや、早くリリィローズに綺麗な景色を見せてあげたいんだ。すまないがもっと飛ばしてくれないか！」

そう大声で指示すると、馬車はさらに速度を上げガタガタと大きく揺れた。

「ノーランの馬鹿！　意地悪！」

リリィローズが怒って叫ぶと、ノーランは悪びれもせず肩を竦めた。

「文句を言う暇があれば、俺におねだりしておいたほうがいいんじゃないか？　でないと可愛い舌を噛む羽目になるぞ」

ノーランの言葉を後押しするように、車輪が音を立てて軋み、これまで以上に馬車が揺れ出した。

「ひぃ……あ……ぅ」

前後左右と思いがけない方向に激しく揺すられ、腕どころか肉襞まで男の淫柱にしがみつく。

このままではおかしくなってしまいそう。

リリィローズはあまりの揺れに耐えかねて、酷薄な恋人に必死で懇願した。

「ノーラン、早く……早くし、て……」

「うーん、それじゃあ、まだ足りないな」

淫らに蕩けて、余裕のなくなっていく恋人を男はさらに追い詰める。

「……う……動いて……」

羞恥に頬を染めながら、リリィローズは恨みがましく男を見つめた。

「奥まで？」

「ええ、だから早く……っ」

リリィローズの瞳から生理的な涙がほろりと零れる。それを見たノーランは満足げに微笑んだ。

「わかったよ、リリィローズ。これからたっぷり泣かせてやる」

ノーランは意地悪く笑うと、そのまま腰をゆっくりと動かし始めた。

「あっ……い、……ぁ」

前後に突かれながら、馬車が激しく横揺れする。不規則な動きは男の抽挿と一体になってリリィローズの肉襞の奥をせつなく苛む。それでも蕩けきった蜜孔は男の野蛮な振る舞いさえも許容するようにやさしく包んで締めつけた。

「は、あぁ、ああ……」

腰の律動が次第に速くなり、喘ぐ声まで忙しない。

「んっ……や、……ッ……う、ぅ……」

ノーランはリリィローズの体を抱き起こすと、自分の膝に抱いたまま座席に深く腰かけた。そうして向かい合う格好で膝に抱いたリリィローズを抱えると、蜜口のぎりぎりまで肉棒を引き抜いてはまた深く抉る。

「い、……ぁう……」

リリィローズの自重を借りて、男の欲望が最奥まで突き上げられる。

激しい律動に上擦った声はべたついた甘さを纏い、淫らに喘がされた。

「やぁ……もう、壊れる……」

たまらず男にしがみつくと、追い上げる抽挿が激しくなった。

「あ、ぁああ……も、だ……ぇ……壊れちゃう……か、ら……ッ」

「ふふ、可愛いな、リリィローズ……大丈夫、壊したりなんかしない……だからもっと俺にしがみついておいで」

「うぅ……ノーラン、はや、早く……っ……お願いよ、も、……ゆる、し……て……」

男の手管で淫蕩に拓かれていく体は、馬車の揺れも手伝って、自分の意志とは関係なく腰を揺らし、さらなる深い場所へ男の欲望を導こうとする。

「リリィローズ……っ……君は誰にも渡さない……っ」

どろどろに蕩けた結合部から肉がぶつかり淫水のしぶく音がひっきりなしに響いている。

「あぅ……あぁあ、ぃ、あ……ッ……」

「ほら、一番深い場所に俺のものをたっぷり注いであげるよ」

嬌声がノーランの欲望を駆り立て、内壁を擦るたびすすり泣くような喘ぎを零させる。

男に抱え上げられ壁についていた足裏が、そこを蹴破りかねないほどに突っ張っていた。

「ひっ、ぁ……やぁ……もぅ……いっ……だ、めぇ……」

リリィローズの最奥で熟れきった屹立が大きく膨れ上がる。さらに硬く肥大した肉棒は律動を速め、溢れる蜜をやわらかな肉孔のなかで攪拌させた。

「くっ……！」

男が微かに呻いた瞬間、リリィローズの胎の奥に白い残滓が迸る。

「あ……はぁ……はぁ……はぁ……」

リリィローズが脱力し、男の肩にぐったり顔を埋めていると、耳もとでやけに明るい声がした。

「帰ったら新しい馬車を特注することにしよう。天井からタッセルをぶら下げて、座席を寝椅子にもなるような作りにしたらどうだろう？」

気怠げに頭を持ち上げ、リリィローズはやけに上機嫌な恋人の顔を見上げた。

「これからは定期的にピクニックに出かけよう。そうすれば馬車のなかで、またこうして楽しめる」

「なっ、なにを馬鹿なこと言って……わたしはこんなこと二度とごめんだわ」

「馬車は嫌いか？」

「こんなに揺られたら気分だって悪くなるに決まっているでしょ」

馬車はまだ悪路を進み激しく揺れている。

「そうか、最悪か……」

ノーランががっかりした顔を見せたのはつかの間だった。

「だったら気分が晴れるまで、俺が介抱してやるよ」

「ヒ……ッ……」

いつの間にか復活していた肉茎が、またずぷずぷと肉襞をかきわけ押し入ってくる。

どうやら男は自分の欲望を満たすまで、リリィローズを解放する気はないらしい。

首筋にノーランの唇が押し当てられると、その唇が耳朶に近づきそっと囁いた。

「知っていたかな、リリィローズ？　君は一度目より二度目のほうが感じやすいんだ。気をしっかり持たないと、御者台のレイナルドにまで声を聞かれてしまうぞ」

「え、まっ……ひ、ぃ……あぁあぁあッ……ぁ」

激しい揺れに合わせるように男の腰も淫らに動く。

先ほど散々擦られて達してしまった蜜孔に、その動きはあまりに刺激的で耐えがたいものだった。

「ふ……い、ぁぁん……」

つんと上向く剥き出しの乳首を嚙みつくように唇に挟まれて、リリィローズの意識は次第に淫蕩の世界へと引きずり込まれていく。

いつ止むとも知れない振動と抽挿に意識が何度も持って行かれそうになる。

「ああ、君って本当に可愛いなあ……そうやって最初から素直になれば、ここまでいじめなくてもすむのにな……」

意地っ張りな恋人の本音を暴くように、ノーランは容赦なくリリィローズの羞恥と理性を甘く溶かしながら耽溺《たんでき》した。

次第に馬車の揺れが小さくなってきた。

じきに目指す高台へと到着するのだろう。

ノーランは腕の中で眠るリリィローズのこめかみにそっと唇を押し当てた。

「……俺は子供の頃、ローズハウスを訪ねたことがある」

ノーランはかすかな声で呟くと、遠い過去に思いを馳せる。

母とふたりきりの逃亡生活を始めた、二度目の冬。

イルビオンでは流行性感冒、いわゆる流感が流行りだし、身分の別なく病が牙を剝いていた。それは怖ろしい勢いで蔓延《まんえん》し、やがてノーランの母もベッドに臥せるようになる。

そこで助けを求めようと、かつて暮らしていたローズハウスをひとりで訪ねることにした。もちろんそこに行けば、祖父の雇った男たちに捕らえられて命を奪われる危険性もある。

だが、なにか手立てを講じなければ母は確実に命を落としてしまう。

物乞いの格好で屋敷を訪ねてみれば、いつの間にかそこは人手に渡ってしまっていて、すでに彼を知る使用人たちは誰ひとり残っていなかった。

そこで、新しい持ち主のラッセル伯爵に面会を求めたが、あいにく彼も自分の妻が流感に倒れ危篤状態に陥っていたせいで、とても見ず知らずの少年の相手ができる状態ではなかったようだ。

門前で追い払われたノーランが貧民窟に戻ると、母はベッドの上で冷たくなっていた。

まるで自分の死期を悟っていたかのように、母は息子にランサス行きの片道だけの旅費を遺してくれていた。

母がもし一般階級でなかったら、こんなところで冷たくなることもなかっただろうに。

理不尽な運命を恨み、貴族に対する憎悪はその日を境に加速して、強く記憶にすり込まれた。

力ある者に対抗するには、自分もそれなりの力を手に入れなければならない。

なりふり構わずランサスで事業を成功させ、ふたたびイルビオンの地を踏みしめたとき、ノーランは偶然、新大陸に向けて出発しようとしていたラッセル伯爵と遭遇した。

ノーランはローズ公爵の復讐を果たすために、ラッセル伯爵に屋敷を買い取りたいと申し出た。

けれど、娘を残しているからとラッセル伯爵は首を縦に振ろうとしない。

そこでノーランは、子供の頃の出来事を彼に話して聞かせることにした。

ラッセル伯爵は罪の意識にでも苛まれたのか、後日、権利書の一部をノーランに届けた。

この権利書は自分が戻るまでの担保として預かって欲しい。ダイヤモンド鉱山の件が片付けば、必ずノーランにも有益になるよう取り計らうつもりだと手紙には書かれていた。

けれど、そんな当てのない約束は要らない。これまで他人を当てにして、ろくな目に遭ったことがない。

目的遂行のために欲しいのは、ラッセル伯爵のローズハウスだ。

だからノーランは船着き場近くの酒場で、不審な連中がラッセル伯爵の謀殺《ぼうさつ》について話し合っているのを偶然耳にしたとき、さほど気にも留めていなかった。

それどころか、騙《かた》るなら、娘ひとりのほうがなにかと好都合だとさえ思っていた。

そのときは、まさか自分がラッセル伯爵の娘を愛するようになるとは思ってもみなかったから。

「いつか君に打ち明ける日が来るのだろうか……」

だが、いまはそのときではない。

リリィローズなら自分の罪を赦《ゆる》してくれるかもしれない。

だが、もしも赦されなかったら……。

ノーランは愛する女の体をきつく抱きしめた。

「早くふたりの子供を作ろう」

君が俺から離れられなくなるように——。

あとがき

このたびは『黒紳士の誘惑』を手にとっていただきありがとうございます。

まさかソーニャ文庫さんから、二冊目を出していただけるとは！

処女作でファンレターをいただいたり韓国版が出たりと、読んでくださった皆様のおかげで初めて尽くしを味わうことができました。

本当にありがとうございます！

二作目は前回と趣《おもむき》を変えまして、テーマはずばり『喧嘩《りんか》ップル』です。

ややもするとコメディーに走りがちなわたしを担当さんの見事な手綱《たづな》さばきで、なんとか修正できた（？）ような気がします。

奇《く》しくも去年に引き続き、同時期の刊行となりました。ご縁あってこの本を手にとってくださった皆様にとりまして幸多き年になりますようお祈り申し上げます。

山田《やまだ》　椿《つばき》

この本を読んでのご意見・ご感想をお待ちしております。

◆ あて先 ◆

〒101-0051
東京都千代田区神田神保町2-4-7 久月神田ビル7階
㈱イースト・プレス　ソーニャ文庫編集部

山田椿先生／KRN先生

黒紳士《くろしんし》の誘惑《ゆうわく》

2015年1月5日　第1刷発行

著　者　山田　椿《やまだ　つばき》
イラスト　KRN《カレン》

装　丁　imagejack.inc
DTP　松井和彌
編　集　安本千恵子
営　業　雨宮吉雄、明田陽子
発行人　堅田浩二
発行所　株式会社イースト・プレス
〒101-0051
東京都千代田区神田神保町2-4-7 久月神田ビル8階
TEL 03-5213-4700　　FAX 03-5213-4701
印刷所　中央精版印刷株式会社

ISBN 978-4-7816-9546-4

Sonya ソーニャ文庫の本

『軍服の渇愛』 富樫聖夜

イラスト 涼河マコト